हिन्द पॉकेट बुक्स

हमारे राष्ट्रीय स्मारक

देश के निर्माण और उत्थान में अनेक राजा-महाराजा, संत-महात्मा, समाज-सुधारक, वीरों, क्रांतिकारियों और यहाँ तक कि आम लोगों ने भी अमूल्य योगदान दिया है, वही योगदान आज भी गौरवशाली स्मृतियाँ बनकर हम सब भारतीयों के हृदय पटल पर अंकित हैं। कई स्मृतियों, ऐतिहासिक स्थलों को राष्ट्रीय स्मारक घोषित कर दिया गया है, ताकि इस गौरव गाथा से नई पीढ़ियाँ अवगत होती रहें। इस पुस्तक में देश की गौरव गाथा सुनाने वाले ऐसे ही राष्ट्रीय स्मारकों की संपूर्ण जानकारी दी गई है।

यह पुस्तक बहुत ही आसान भाषा में है और इसे रोचक ढंग से लिखा गया है, ताकि इसे याद करने में भी आसानी हो सके। इसके साथ ही इसमें आकर्षक चित्र भी दिए गए हैं और साथ ही आपकी परीक्षा के लिए प्रश्नोत्तरी, हल कीजिए और अपने ज्ञान की परीक्षा आप स्वयं कीजिए।

लेखक की अन्य पुस्तकें

- हमारे राष्ट्रीय खेल
- हमारा राष्ट्रीय पुष्प कमल
- हमारा राष्ट्रीय पक्षी मोर
- हमारा राष्ट्रीय गीत
- हमारी राष्ट्रीय संस्कृति वैदिक
- हमारा राष्ट्रीय फल आम
- हमारा राष्ट्रीय चिह्न अशोक चक्र
- हमारा राष्ट्रीय वृक्ष बरगद
- हमारी राष्ट्रीय जलचर डॉल्फिन
- हमारी राष्ट्रीय नदी गंगा
- हमारा राष्ट्रीय ग्रंथ गीता
- हमारे राष्ट्रीय पर्व और दिवस
- हमारा राष्ट्रीय पशु बाघ
- हमारा राष्ट्रीय ध्वज तिरंगा
- हमारे राष्ट्रीय विरासत स्थल
- हमारी राजभाषा हिन्दी
- हमारे नेशनल पार्क
- लोकप्रिय बाल गीत
- हमारे देशभक्ति गीत
- हमारे राष्ट्रीय गीत
- शहीदों के अमर गीत
- महाभारत की कहानियाँ
- पुराणों की कहानियाँ
- रामायण की कहानियाँ
- बेताल पचीसी, दो भागों में
- महापुरुषों का बचपन
- महाराणा प्रताप
- बहादुर बेटी मलाला

सुरुचिपूर्ण एवं प्रेरणादायक सचित्र जानकारियाँ

हमारे राष्ट्रीय

स्मारक

तेजपाल सिंह धामा

हिन्द पॉकेट बुक्स
पेंगुइन रैंडम हाउस इम्प्रिंट

हिन्द पॉकेट बुक्स

यूएसए | कनाडा | यूके | आयरलैंड | ऑस्ट्रेलिया | सिंगापुर
न्यू ज़ीलैंड | भारत | दक्षिण अफ्रीका | चीन

हिन्द पॉकेट बुक्स, पेंगुइन रैंडम हाउस ग्रुप ऑफ़ कम्पनीज़ का हिस्सा है,
जिसका पता global.penguinrandomhouse.com पर मिलेगा

पेंगुइन रैंडम हाउस इंडिया प्रा. लि.,
चौथी मंजिल, कैपिटल टावर -1, एम जी रोड,
गुड़गांव 122 002, हरियाणा, भारत

पेंगुइन
रैंडम हाउस
इंडिया

प्रथम हिन्दी संस्करण हिन्द पॉकेट बुक्स द्वारा 2014 में प्रकाशित
यह हिन्दी संस्करण हिन्द पॉकेट बुक्स में पेंगुइन रैंडम हाउस द्वारा 2022 में प्रकाशित

10 9 8 7 6 5 4 3 2

इस पुस्तक में व्यक्त विचार लेखक के अपने हैं, जिनका यथासंभव तथ्यात्मक
सत्यापन किया गया है, और इस संबंध में प्रकाशक एवं सहयोगी
प्रकाशक किसी भी रूप में उत्तरदायी नहीं हैं।

ISBN 9789353491451

मुद्रकः रेप्रो इंडिया लिमिटेड

www.penguin.co.in

FSC
www.fsc.org
MIX
Paper from
responsible sources
FSC® C047271

This is a legitimate digitally printed version of the book and therefore might not
have certain extra finishing on the cover.

क्रम

हमारे राष्ट्रीय स्मारक और संग्रहालय

बच्चो! आज हम आपको अपने राष्ट्रीय स्मारक और संग्रहालयों से अवगत कराएंगे, क्योंकि ये जीवंत इतिहास के प्रतीक माने जाते हैं। प्रत्येक देश के स्मारक उसकी संस्कृति, गौरव, परम्परा, संघर्ष तथा जीवन मूल्यों के प्रतिबिम्ब होते हैं। ये स्मारक देश के विभिन्न क्षेत्रों में प्रगति के परिचायक होते हैं। ये स्मारक देशवासियों को प्रेरणा तथा ऊर्जा प्रदान करते हैं। भारत के ऐसे अनेक गौरव चिह्न विशाल मन्दिरों, भवनों, दुर्गों, मण्डपों, मूर्तियों, गुफा एवं शैल चित्रों में अभिव्यक्त होते हैं। समय-समय पर विदेशी आक्रांताओं द्वारा खण्डित किए गए अनेक मंदिर भी इसकी गौरव गाथा कहते हैं। इन स्मारकों की सुरक्षा-व्यवस्था, जीर्णोद्धार प्रत्येक सरकार का दायित्व है।

पाश्चात्य देशों ने अपने स्मारकों की सुरक्षा तथा रख-रखाव की ओर विशेष ध्यान दिया है। मुख्यतः 19वीं शताब्दी के मध्य से इस सन्दर्भ में सभी देशों में सजगता बढ़ी। ब्रिटेन जैसे देश ने जहां अपने महाकवि शेक्सपीयर, मिल्टन के घरों को भी राष्ट्रीय स्मारक का रूप दिया, वहीं अमेरिका ने पर्वतों को काटकर अपने महापुरुषों अब्राहम लिंकन, जार्ज वाशिंगटन तथा जैफरसन को उनका आकार दिया है। अमेरिका में ऐसे हजारों स्थानों को राष्ट्रीय स्मारकों की श्रेणी में रखा गया है।

यह हमारा गौरव है कि सतत् आक्रमणों एवं विध्वंसों के बाद भी

भारत में 8000 स्थान राष्ट्रीय स्मारक माने गए हैं। भारत सरकार के अन्तर्गत भारत का पुरातत्व सर्वेक्षण विभाग इनमें से 3665 स्थानों की देखभाल करता है। इनमें से भी 35 स्थानों का उसे पता ही नहीं है तथा 249 स्थानों पर सरकारी उपेक्षा तथा उदासीनता के कारण अन्य लोगों ने कब्जा कर लिया है।

यह एक गंभीर चिंतन का विषय है कि विश्व सांस्कृतिक धरोहर तथा भारतीय पुरातत्व सर्वेक्षण विभाग ने सर्वाधिक महत्व मुगलकालीन स्मारकों को ही दिया तथा इन पर भारत अत्यधिक धन व्यय कर रहा है।

इस सन्दर्भ में यूनेस्को के सांस्कृतिक कार्यक्रम की विशेषज्ञ मोबी चीबा का कथन अत्यंत गंभीर तथा भारतीय जनमानस को झकझोरने वाला है। वह रहस्योद्‌घाटन करतीं हैं कि भारत में एक-से-एक सांस्कृतिक धरोहर हैं, पर केवल मुगलकालीन स्मारकों को ही विश्व धरोहर बनाने पर अत्यधिक आग्रह किया जाता है।

भारत की स्वतंत्रता के पश्चात् राष्ट्रीय स्मारक के जीर्णोद्धार का केवल एक ही उल्लेखनीय कार्य हुआ, और वह था सोमनाथ मंदिर का पुनः निर्माण। इसका जीर्णोद्धार किया भारत के राष्ट्रपति डॉ. राजेन्द्र प्रसाद व गृहमंत्री सरदार पटेल ने। एक दूसरा प्रयास राष्ट्रीय स्वयं सेवक संघ की प्रेरणा से भारतीय जनता की ओर से हुआ। कन्याकुमारी में स्वामी विवेकानन्द के शिला स्मारक का।

हमें यह नहीं भूलना चाहिए कि भारतीयों को स्वतंत्रता 1300 वर्षों के कठोर तथा सतत् संघर्ष के पश्चात मिली है। इसके लिए हजारों वीरों, संतों, भक्तों, सैनिकों, कवियों, कलाकारों ने अपने-अपने ढंग से प्रयास किए। अतः स्वतंत्रता के पश्चात उन महापुरुषों के नए राष्ट्रीय स्मारक बनने चाहिए। क्या पृथ्वीराज चौहान, हेमचन्द्र विक्रमादित्य, राणा सांगा, महाराणा प्रताप, शिवाजी, गुरु गोविन्द सिंह के बलिदान को भुलाया जा

सकता है? क्या महाकवि सूरदास, तुलसीदास, रैदास, गुरुनानक का योगदान कम है? नाना साहेब, तात्या टोपे, कुंवर सिंह, महारानी लक्ष्मीबाई के प्रयास किसी भी वर्तमान राजनीतिज्ञ से कम थे? देश का दुर्भाग्य है कि हमने स्वामी दयानन्द, स्वामी विवेकानन्द, महर्षि अरविन्द आदि को भुला दिया है। क्षुद्र राजनीति के कारण बंगाल में स्वामी विवेकानंद के जन्मस्थान को अनेक लोग जानते भी नहीं। राज राममोहन राय के घर पर आज भी एक छोटी-सी पट्टी लगी है। बंकिम चन्द्र चट्टोपाध्याय को कोई स्थान नहीं दिया जाता। यहाँ तक कि नेताजी सुभाष भी उपेक्षा के पात्र बने रहे। नवनिर्मित राष्ट्रीय स्मारकों में इनको उच्च स्थान तथा प्राथमिकता क्यों नहीं दी जानी चाहिए?

वासुदेव बलवन्त फड़के से लेकर सुभाषचन्द्र बोस तक देश पर बलिदान होने वालों की एक लम्बी श्रृंखला रही है, परन्तु भारत में उनके नाम पर कोई स्मारक, स्टेडियम, पार्क, विश्वविद्यालय, पुस्तकालय आदि कुछ भी नहीं बनाया गया। वस्तुतः यह कृतघ्नता ही है कि शहीद भगत सिंह के अन्य दो साथियों के बारे में देश का युवा कुछ भी नहीं जानता। पंजाब में सुखदेव का कोई स्मारक नहीं, इसी तरह राजगुरु का जन्म स्थान आज खण्डित अवस्था में है। इलाहाबाद के कम्पनी बाग में, जो आज मोतीलाल पार्क कहलाता है, मुश्किल से एक कोने में वह भी छात्रों के संघर्ष के बाद, चन्द्रशेखर आजाद को स्थान मिल पाया।

यह भी आश्चर्यजनक है कि विश्व के सबसे बड़े लोकतंत्र भारत में नवनिर्मित स्मारकों में राजनीतिकों को ही प्रमुख रूप से स्थान दिया गया है। विश्वविद्यालय, स्टेडियम, बाजार, पार्क, चौराहा, एयरपोर्ट, गली, मोहल्ला सभी के नाम प्रायः सत्ताधारी पार्टी या उनके प्रमुखों के नाम पर हैं, लेकिन हम इस पुस्तक में कुछ ऐसे स्मारकों के बारे में जानकारी दे रहे हैं जो वास्तव में राष्ट्र के गौरव के प्रतीक ही नहीं वरन् हमारे लिए

धरोहर के समान हैं, जिनके कारण हमारा इतिहास गौरवशाली परंपरा की हमें याद दिलाता रहता है।

राष्ट्रीय स्मारक प्राधिकरण : बच्चों! राष्ट्रीय स्मारक प्राधिकरण के बारे में भी जानना बहुत आवश्यक है। भारत सरकार के संस्कृति मंत्रालय के अन्तर्गत राष्ट्रीय स्मारक प्राधिकरण का गठन प्राचीन संस्मारक तथा पुरातत्वीय स्थल एवं अवशेष (संशोधन एवं विधिमान्यकरण) अधिनियम 2010 के द्वारा किया गया, जो मार्च 2010 में प्रभावी हुआ। राष्ट्रीय स्मारक प्राधिकरण को संरक्षित स्मारकों एवं पुरास्थलों की सुरक्षा एवं संरक्षा से संबंधित विभिन्न कार्यों के अनुपालन की जिम्मेदारी प्रतिशिद्ध क्षेत्र एवं विनियमित क्षेत्र के परिप्रेक्ष्य में सौंपी गयी है।

नगरीकरण के विकास एवं जनसंख्या वृद्धि के कारण संरक्षित स्मारकों के आसपास स्थित भूखंडों पर लगातार बढ़ते दबाव के चलते स्मारकों एवं पुरास्थलों के ऊपर प्रतिकूल प्रभाव पड़ रहा है। ऐसी स्थिति में यह आवश्यक है कि स्मारकों के सरंक्षण एवं व्यक्तिगत आवश्यकताओं, विकास कार्यों के बीच समन्वय स्थापित किया जाए।

इसी उद्देश्य को ध्यान में रखते हुए भारतीय पुरातत्व सर्वेक्षण ने आरंभिक उपाय के रूप में स्मारक के चारों तरफ के क्षेत्र/भूखंडों को ''प्रतिरोधक क्षेत्र'' के रूप में अधिसूचित किया। यह अधिसूचना 1992 में जारी की गई, जिसके अनुसार स्मारक के संरक्षित क्षेत्र के सभी दिशाओं में 100 मी. की दूरी को प्रतिशिद्ध क्षेत्र एवं इस सीमा के परे 200 मी. की दूरी में स्थित क्षेत्र को विनियमित क्षेत्र घोषित किया गया। 2010 में किए गये संशोधन के पहले ऐसी व्यवस्था थी कि कोई भी व्यक्ति यदि इन प्रतिशिद्ध क्षेत्र-विनियमित क्षेत्र में निर्माण-मरम्मत या खनन कार्य करना चाहता था तो उसे भारतीय पुरातत्व सर्वेक्षण विभाग से अनापत्ति प्रमाण पत्र प्राप्त करना होता था। 2006 में इस प्रक्रिया को सुदृढ़ करने हेतु

एक विशेषज्ञ समिति गठित की गयी, जिसका मुख्य कार्य प्रतिशिद्ध क्षेत्र से संबंधित अनापत्ति प्रमाण पत्र हेतु आवेदन के संबंध में महानिदेशक, भारतीय पुरातत्व सर्वेक्षण को परामर्श देना था।

2010 में इन प्रावधानों में भी बदलाव किया गया जो प्राचीन संस्मारक तथा पुरातत्वीय स्थल एवं अवशेष (संशोधन एवं विधिमान्यकरण) अधिनियम 2010 के रूप में अस्तित्व में आया। इसके अन्तर्गत राष्ट्रीय स्मारक प्राधिकरण एवं सक्षम प्राधिकारी का गठन किया गया। वर्तमान में प्रतिशिद्ध क्षेत्र एवं विनियमित क्षेत्र में निर्माण-मरम्मत कार्य से संबंधित सभी आवेदन पत्र उस क्षेत्र के सक्षम प्राधिकारी के पास जमा किये जाते हैं और वहां से अग्रसारित होकर विचार के लिए राष्ट्रीय स्मारक प्राधिकरण को भेजा जाता है।

इस अधिनियम के द्वारा कुछ अन्य महत्वपूर्ण बदलाव भी किए गए, जिनमें प्रमुख हैं –

1. प्रतिशिद्ध एवं विनियमित क्षेत्र हेतु वैधानिक प्रावधान।
2. प्रतिशिद्ध क्षेत्र में किसी भी तरह के निर्माण कार्य (सार्वजनिक परियोजना सहित) पर पूर्णतः रोक।
3. निर्माण कार्य/मरम्मत/पुनरूद्धार कार्य के अनुमति हेतु आवेदन पत्रों के लिए वैधानिक प्रक्रियाओं का प्रावधान।
4. प्राधिकरण, विरासत उपनिधियों में आवश्यक संवीक्ष करेगा और आम जनता से प्राप्त सलाहों एवं आपत्ति को ध्यान में रखते हुए इसे अनुमोदित करेगा
5. स्मारकों का श्रेणी-निर्धारण एवं वर्गीकरण।

अधिनियम के अनुसार राष्ट्रीय स्मारक प्राधिकरण में एक अध्यक्ष, पाँच पूर्णकालिक सदस्य, पांच अंशकालिक सदस्य एवं एक सदस्य सचिव

की नियुक्ति की जाएगी। इनके अतिरिक्त महानिदेशक, भापु सर्वेक्षण इसके पदेन सदस्य होंगे। वर्तमान में यहां एक पूर्णकालिक सदस्य एवं दो अंशकालिक सदस्य हैं जो नवम्बर 2011 में नियुक्त किए गये। जबकि अध्यक्ष की नियुक्ति अगस्त 2012 मे हुई।

अधिनियम में यह स्पष्ट प्रावधान है कि सक्षम प्राधिकारी का स्तर राज्य सरकार में आयुक्त या पुरातत्व निदेशालय के निदेशक या केन्द्रीय सरकार में निदेशक के समकक्ष होना चाहिए इसके नीचे के स्तर का नहीं। सक्षम प्राधिकारियों की नियुक्ति राज्य सरकार की सहमति एवं परामर्श से की जाएगी। वर्तमान में 34 सक्षम प्राधिकारियों की नियुक्ति की जा चुकी है।

भारतीय पुरातत्व सर्वेक्षण के बारे में

इस पुस्तक में हम महत्वपूर्ण राष्ट्रीय संग्रहालयों के बारे में भी चर्चा करेंगे। इसलिए पहले जरूरी है कि भारतीय पुरातत्व सर्वेक्षण के बारे में बताया जाए, क्योंकि संग्रहालय में अनेक वस्तुएं पुरातत्व महत्व की होती हैं। संस्कृति मंत्रालय के अधीन भारतीय पुरातत्व सर्वेक्षण (भा.पु.स.) राष्ट्र की सांस्कृतिक विरासतों के पुरातत्वीय अनुसंधान तथा संरक्षण के लिए एक प्रमुख संगठन है। भारतीय पुरातत्व सर्वेक्षण का प्रमुख कार्य राष्ट्रीय महत्व के प्राचीन स्मारकों तथा पुरातत्वीय स्थलों और अवशेषों का रख-रखाव करना है। इसके अतिरिक्त, प्राचीन संस्मारक तथा पुरातत्वीय स्थल और अवशेष अधिनियम, 1958 के प्रावधानों के अनुसार यह देश में सभी पुरातत्वीय गतिविधियों को विनियमित करता है। यह पुरावशेष तथा बहुमूल्य कलाकृति अधिनियम, 1972 को भी विनियमित करता है। राष्ट्रीय महत्व के प्राचीन स्मारकों तथा पुरातत्वीय स्थलों तथा अवशेषों के रख-रखाव के लिए सम्पूर्ण देश को 24 मंडलों में विभाजित किया गया है। संगठन के

पास मंडलों, संग्रहालयों, उत्खनन शाखाओं, प्रागैतिहासिक शाखा, पुरालेख शाखाओं, विज्ञान शाखा, उद्यान शाखा, भवन सर्वेक्षण परियोजना, मंदिर सर्वेक्षण परियोजनाओं तथा अन्तरजलीय पुरातत्व स्कन्ध के माध्यम से पुरातत्वीय अनुसंधान परियोजनाओं के संचालन के लिए बड़ी संख्या में प्रशिक्षित पुरातत्वविदों, संरक्षकों, पुरालेखविदों, वास्तुकारों तथा वैज्ञानिकों का कार्य दल है ।

आंध्र प्रदेश के स्मारक और संग्रहालय

बच्चो! आंध्र प्रदेश में देखने लायक बहुत से ऐतिहासिक स्थल हैं। दरअसल, भारत के दक्षिण-पूर्वी तट पर स्थित यह राज्य है। क्षेत्र के अनुसार यह भारत का चौथा सबसे बड़ा और जनसंख्या की दृष्टि से पाँचवां सबसे बड़ा राज्य है। इसकी राजधानी और सबसे बड़ा शहर हैदराबाद है। इसे भारत का धान का कटोरा कहा जाता है। फरवरी 2014 को भारतीय संसद ने अलग तेलंगाना राज्य को मंजूरी दे दी। तेलंगाना राज्य में दस जिले तथा शेष आन्ध्र प्रदेश (सीमान्ध्र) में 13 जिले होंगे। दस साल तक हैदराबाद दोनों राज्यों की संयुक्त राजधानी होगी। हम यहां इस राज्य के प्रमुख संग्रहालयों पर चर्चा करेंगे।

सालारजंग संग्रहालय, हैदराबाद

सालारजंग संग्रहालय एक चर्चित म्यूजियम है, जहां हैदराबाद के समृद्ध और गौरवशाली इतिहास को प्रदर्शित किया गया है। देश के तीन राष्ट्रीय संग्रहालयों में से सालारजंग संग्रहालय भी एक है, जिससे इसका महत्व और भी बढ़ जाता है। यहाँ पेरिस, जापान, यूरोप, उत्तरी अमेरिका, चीन, नेपाल, बर्मा, मिस्र और भारत के विभिन्न हिस्सों से एकत्रित की गई विशाल संख्या में चीजें रखी गई हैं।

संग्रहालय में कार्पेट, फर्नीचर, मूर्ति, पेंटिंग्स, पांडुलिपि, मूर्तिकला, टेक्सटाइल, घड़ी और धातु की अन्य चीजें रखी गई हैं। यह सभी चीजें सालारजंग परिवार की थीं, जो एक पीढ़ी से दूसरी पीढ़ी को मिलीं। मजेदार बात यह है कि इनमें से कुछ चीजें पहली शताब्दी की भी हैं।

नवाब मीर यूसुफ अली खान सालारजंग तृतीय ने 35 सालों के दौरान अपने धन का एक बड़ा हिस्सा इन चीजों को इकट्ठा करने में खर्च कर

दिया था। ऐसा माना जाता है कि आधे से ज्यादा चीजें तो उन लोगों ने लूट लीं जिन्हें इसकी देखरेख की जिम्मेदारी सौंपी गई थी।

एक लड़की को देखने के लिए लड़के वाले उसके घर आए हैं। लड़की साजो श्रृंगार कर तैयार होती है। वह अपने भाइयों के बीच अपने भावी दुल्हे को देखने के लिए पहुंचती है। इस दौरान वह कैसी शरमाई और सकुचाई सी होती है। इसका खूबसूरत चित्रण एक कलाकार ने किया। सफेद संगमरमर पर बनी ये नायाब मूर्ति एक ही पत्थर से बनी है। मूर्ति इतनी सुंदर है कि आप एक बार देखें तो काफी देर तक नजर नहीं हटती। नवाब को अपनी विदेश यात्रा के दौरान ये मूर्ति पसंद आ गई। नवाब ने महंगी कीमत देकर ये मूर्ति खरीदी और इसे मंगाने में भी काफी राशि खर्च की। इस नयनाभिराम मूर्ति को हैदराबाद के सालारजंग म्यूजियम में देखा जा सकता है।

हैदराबाद शहर के बीचों बीच मूसी नदी के किनारे स्थित है सालारजंग म्यूजियम। ये देश का सबसे बड़ा संग्रहालय है, जहां निजी संग्रह संकलित है। वैसे ये देश का तीसरा बड़ा संग्रहालय है। यहाँ हैदराबाद के निजाम की निजी वस्तुओं का बहुत बड़ा संग्रह देखा जा सकता है। संग्रहालय देखने के लिए आपको पूरा एक दिन का समय निकालना पड़ेगा।

हैदराबाद के सातवें निजाम मीर यूसुफ अली खान सालारजंग तीन ने दुनिया भर के देशों से अनूठी कलाकृतियों का संग्रह मंगाने में काफी राशि खर्च की। उनके 48 हजार संग्रह को इस म्यूजियम में देखा जा सकता है। संग्रहालय में निजाम परिवार के हीरे-जवाहरात की ज्वैलरी का बड़ा कलेक्शन देखा जा सकता है। अरबों रुपये के इस कलेक्शन को 1995 में संग्रहालय में शामिल किया गया। संग्रहालय में नायाब पेंटिंग और मूर्तियों का कलेक्शन तो है ही साथ ही एक गैलरी में किस्म-किस्म की घड़ियां एक ही जगह देखी जा सकती हैं।

संग्रहालय में भारतीय कला का नहीं बल्कि दुनिया के अलग-अलग देशों की मूर्ति कला और पेंटिंग का नमूना एक ही जगह देखा जा सकता है।

नागार्जुनकोंडा

नागार्जुनकोंडा गुन्टूर जिले के मचेर्ला मंडल में स्थित है। 24 किलोमीटर की दूरी पर मचेर्ला निकटतम रेलवे स्टेशन है। यह संग्रहालय नागार्जुन सागर बांध में स्थित एक द्वीप पर मौजूद है। द्वीप पर पहुँचने के लिए नागार्जुन सागर बांध के दक्षिण में विजयपुरी में एक जेटी स्थान है।

नागार्जुनकोंडा का नाम बौद्ध विद्वान और पंडित आचार्य नागार्जुन के नाम पर पड़ा था जिसका अर्थ नागार्जुन पर्वत होता है। यह एक महान धार्मिक केन्द्र था जहाँ से ब्राह्मण और बौद्ध मतों का प्रचार किया जाता था और उनसे जुड़ी कला और वास्तुकला के प्रारंभिक चरणों को स्वरूप प्रदान किया गया। यह एक विस्तृत बौद्ध स्थापना थी, जहाँ बौद्धमत के अनेक सम्प्रदायों का पोषण हुआ, जो बाद में पूर्ण विकसित महायान सम्प्रदाय के रूप में परिणत हुआ। वर्तमान में यह भारत में मौजूद एक अद्भुत द्वीप है, जिसमें एक पुरातत्वीय संग्रहालय और पूर्व ऐतिहासिक काल से परवर्ती मध्यकालों के नागार्जुनकोंडा घाटी से स्थानांतरित और पुनर्निर्मित स्मारक मौजूद हैं, जिनसे नागार्जुन सागर परियोजना के अन्तर्गत डूबने का खतरा पैदा हो गया था।

खुदाइयों से प्राप्त पुरावस्तुओं के संग्रह, परिरक्षण और प्रदर्शन के लिए स्थापित यह संग्रहालय संरचना में एक बौद्ध विहार जैसी दिखने वाली एक विशाल इमारत है। यह लगभग 2.5 किलोमीटर पूर्व-पश्चिम और 1 किलोमीटर उत्तर-दक्षिण में फैले हुए द्वीप के उत्तरी भाग में एक मध्यकालीन किलेबन्दी के अवशेषों के बीच स्थित है। यह संग्रहालय उन सभी सांस्कृतिक अवधियों की बहुमूल्य कला वस्तुएं प्रस्तुत करता है

जिनसे यह घाटी और क्षेत्र गुजरे हैं। पांच दीर्घाओं में प्रदर्शित वस्तुओं में चूना पत्थर के पटिये, मूर्तियां, अभिलेख तथा अन्य पुरावस्तुएं शामिल हैं जो सभी तीसरी-चौथी शताब्दी ई. से संबंधित हैं और प्रदर्शित वस्तुओं में अधिकांश संख्या इनकी ही है।

मुख्य दीर्घा सर्व व्यापक शान्त बुद्ध, सुन्दर मूर्तिकला वाले अयाका पटियों, अयाका चबूतरों की आड़ी कड़ियों, जिनमें महात्मा बुद्ध के जीवन के सारे प्रकरणों को बहुत सुन्दरता से दर्शाया गया है और प्रसन्न मिथुनों और वैभवशाली वृक्ष, परियों इत्यादि के साथ और प्रभावी बनाया गया है। यह संग्रहालय इक्ष्वाकु कला और वास्तु कला की उत्कृष्ट कृतियों के लिए प्रसिद्ध है। पूरी दीवारों पर लगी प्रदर्शन मंजूषाओं वाले एक पृथक खण्ड में उत्खनित कला वस्तुओं और पर्याप्त दृष्टान्तों के माध्यम से पाषाण-युग से महा-पाषाण युग तक इस क्षेत्र में मानव सभ्यता के विकास को उजागर किया गया है। टेराकोटा और गचकारी की मूर्तिकाओं, मुद्राओं और सिक्कों जैसी प्रतिनिधि लघु पुरावस्तुएं भी प्रदर्शित की गई हैं।

एक विशाल कक्ष में स्थित दो दीर्घाओं में इक्ष्वाकु और परवर्ती अविधियों के विभिन्न किस्म के मृदभांड के अलावा सज्जित ड्रम पटिये, गुम्बज के पटिये, कारनिस कड़ियां तथा स्तूप की अन्य पुरातत्वीय यूनिटें और कुछ ब्राह्मण मत की मूर्तियां प्रदर्शित हैं। उत्कीर्णित पुरातत्वीय मूर्तियों, जो कभी विभिन्न स्तूपों की शोभा बढ़ाती थीं, महात्मा बुद्ध के जन्म से लेकर उनके महा-प्रस्थान, साधना, ज्ञानोदय और उपदेश से होते हुए महापरिनिर्वाण तक उनके सम्पूर्ण जीवन को दर्शाती हैं। अपने जीवनकाल में उनके द्वारा किए गए प्रसिद्ध चमत्कार तथा जातकों के रूप में प्रसिद्ध उनके पूर्व जन्मों की कथाएं यथा ससा-जातक, चंपेय-जातक, सिबि-जातक, मंधथू-जातक, इत्यादि भी उत्कीर्णित विषय है।

यहाँ प्रदर्शित आकर्षक ब्राह्मणमत की मूर्तियों में कार्तिकेय और उनकी

पत्नी देवसेना, शिवलिंग, सती का एक अद्भुत निरूपण और विधाधरों की कुछ मूर्तियां शामिल हैं। खेलते हुए बच्चों की प्रसन्न मुद्राओं, युद्ध के दृश्यों तथा अन्य धर्म-निरपेक्ष भावों को दर्शाने वाले उत्कृष्ट रूप से उत्कीर्णित मंडप स्तंभ, वैभवशाली भंगिमाओं में हाथियों को दर्शाने वाले गोलाकार फलक तथा एक पटिये पर हस्तलेखा का एक उदाहरण भी प्रदर्शित किया गया है।

खुदाइयों से प्राप्त (सिरेमिक) चीनी मिट्टी का रंगपटल भी प्रदर्शित वस्तुओं के एक अन्य पहलू का निर्माण करता है। नदियों की चिकनी मिट्टी और केओलिन से बनाई गई उपयोगी घरेलू वस्तुएं चाक पर निर्मित, पालिश की हुई, विशेष आकारों वाली और अभिलिखित है और ये कुम्हारों की तकनीकी और कला उत्कृष्टता को दर्शाती हैं।

तृतीय दीर्घा में धर्म-निरपेक्ष और धार्मिक भवनों के नमूना मॉडलों के साथ-साथ निमज्जित घाटी के मॉडल भी मौजूद हैं। कक्ष के तल पर घाटी और 120 खुदाई स्थलों पर उपस्थित इसके स्थलीय परिवेश का मॉडल मौजूद है। चारों ओर दीवारों पर लगी प्रदर्शन मंजूषाओं में महत्वपूर्ण खुदाई स्थलों और अवशेषों के मॉडल स्थित हैं। इनमें नवपाषाण और महापाषाण कब्रिस्तानय महास्तूप समेत विभिन्न संरचनाओं वाले स्तूप, महिषासक बहुश्रुतीय और कुमार नन्दी-विहार जैसे विहारय सर्वदेव, कार्तिकेय, पुष्पभद्रस्वामी, अष्टभुज स्वामी इत्यादि को समर्पित ब्राह्मण मंदिर और रंगमंच (स्टेडियम), स्नान-घाट इत्यादि जैसी धर्मनिरपेक्ष संरचनाएं शामिल हैं।

एक दीर्घा में पुरालेखों, सुसज्जित पुरातत्वीय अवशेषों और मध्यकालीन मूर्तियों के चयनित नमूने प्रदर्शित हैं। स्तंभों पर अभिलेख लिखे हैं जो संरचनात्मक परिसरों, मूर्तियों, पीठिकाओं, स्मारक स्तंभों और टूटे हुए पटियों के हिस्से हैं। अधिकांशतः, इनकी लिपि 3-4 शताब्दी ईसवी की

अलंकृत ब्राह्मी लिपि है। इनमें से अधिकांशतः प्राकृत भाषा में है और कुछ संस्कृत में लिखे गए हैं। प्रदर्शित वस्तुओं में विजय शतकर्णी के अभिलेख, राजा वशिष्ठीपुत्र चाम्तामुला को दर्शाने वाला स्मारक स्तंभ, चाम्ता श्री का अयाका स्तंभ, बुद्धपद अभिलेख और भगवान पुष्पभद्रस्वामी का आह्वान करने वाला स्तंभ पर लिखा संस्कृत अभिलेख उल्लेखनीय है। ओडिशा के राजा पुरूषोत्तम द्वारा जारी एक तेलुगु अभिलेख भी प्रदर्शित किया गया है। प्रदर्शित मध्य-कालीन मूर्तियों में 14-17वीं शताब्दी ई. की अलंकृत योग नरसिंह, महिषमर्दिनी, दुर्गा, शिव और योगमुद्रा में बैठे एक जैन तीर्थंकर की मूर्तियां शामिल हैं। बच्चों, हम आपको एक बात और बता दें कि आंध्र प्रदेश सबसे अधिक तिरूपति बालाजी मंदिर के कारण प्रसिद्ध है।

मध्य प्रदेश के स्मारक और संग्रहालय

बच्चों! मध्य प्रदेश मध्य भारत का एक राज्य है, इसकी राजधानी भोपाल है। मध्य प्रदेश 1 नवंबर, 2000 तक क्षेत्रफल के आधार पर भारत का सबसे बड़ा राज्य था। इस दिन मध्य प्रदेश के कई नगर व क्षेत्र को उससे अलग कर छत्तीसगढ़ की स्थापना हुई थी। मध्य प्रदेश की सीमाएं महाराष्ट्र, गुजरात, उत्तर प्रदेश, छत्तीसगढ़ और राजस्थान से मिलती है। इस राज्य में कई स्मारक और संग्रहालय हैं, जिन्हें राष्ट्रीय स्तर पर गौरवशाली माना जाता है।

रानी लक्ष्मीबाई स्मारक, ग्वालियर

रानी लक्ष्मीबाई स्मारक शहर के पड़ाव क्षेत्र में है। कहते हैं यहाँ झांसी की रानी लक्ष्मी बाई की सेना ने अंग्रेजों से लड़ते हुए पड़ाव डाला और यहाँ के तत्कालीन शासक से सहायता माँगी। किन्तु सदैव से मुगलों और अंग्रेजों के प्रभुत्व में रहे यहाँ के शासक उनकी मदद न कर सके और वह यहाँ वीरगति को प्राप्त हुईं। यहाँ के राजवंश का गौरव तब संदेहास्पद हो गया। इसी प्रकार यहाँ तात्या टोपे का भी स्मारक है।

झांसी की रानी की स्मृति के अलावा मध्य प्रदेश का ख्याति प्राप्त शहर ग्वालियर कई यादों को समेटे हुए है। इस शहर को इतिहास और आधुनिकता का अनोखा संगम भी कह सकते हैं। यहाँ के दर्शनीय स्थलों

की बात करें तो सबसे पहले सूर्य मंदिर का नाम आता है जो देश के अन्य मंदिरों के लिए एक आदर्श है। यह मंदिर पंडे पुजारियों और भिखारियों के आतंक से तो मुक्त है ही साथ ही अन्य जगहों की अपेक्षा यहाँ सफाई पर भी अत्यधिक ध्यान दिया गया है। यह सूर्य मंदिर ओडिशा के कोणार्क मंदिर की शैली पर बना है। लाल पत्थर से निर्मित इस भव्य मंदिर के चारों ओर मनोरम उद्यान भी हैं।

भारत के प्रमुख किलों में गिना जाने वाला ग्वालियर का किला राजा मानसिंह ने गूजरी रानी के प्रति प्रेम को प्रदर्शित करने के लिए बनवाया था। बलुए पत्थर की पहाड़ी पर निर्मित इस किले में छह महल हैं जिनमें

से मान मंदिर और मृगनयनी का गूजरी महल प्रमुख हैं। 15वीं सदी में बना यह किला भारतीय वास्तु कला का उत्कृष्ट नमूना है।

रानी झांसी का स्मारक भी देखने योग्य है। इस स्मारक में 1857 के स्वतंत्रता संग्राम की नायिका रानी लक्ष्मीबाई की विशाल अश्वारूढ़ प्रतिमा तथा समाधि है। यह किला रानी का बलिदान स्थल भी है। मुहम्मद गौस तथा तानसेन का मकबरा भी आप देखने जा सकते हैं। गुरु-शिष्य परम्परा के प्रतीक इस स्थल पर मुगल शैली में निर्मित तानसेन के प्रारम्भिक गुरु मुहम्मद गौस का मकबरा है। इसी विशाल और भव्य मकबरे के अहाते में संगीत सम्राट तानसेन की कब्र भी है।

इंदिरा गांधी राष्ट्रीय मानव संग्रहालय

मध्य प्रदेश राज्य की राजधानी भोपाल में यह अनोखा संग्रहालय शामला की पहाड़ियों पर 200 एकड़ क्षेत्र में फैला हुआ है, जहाँ 32 पारंपरिक एवं प्रागैतिहासिक चित्रित शैलाश्रय भी हैं। यह भारत ही नहीं अपितु एशिया में मानव जीवन को लेकर बनाया गया विशालतम संग्रहालय है। इसमें भारतीय परिप्रेक्ष्य में मानव जीवन के कालक्रम को दिखाया गया है। इस संग्रहालय में भारत के विभिन्न राज्यों की जनजातीय संस्कृति की झलक देखी जा सकती है। यह संग्रहालय जिस स्थान पर बना है, उसे प्रागैतिहासिक काल से संबंधित माना जाता है। सोमवार और राष्ट्रीय अवकाश के अतिरिक्त यह संग्रहालय प्रतिदिन प्रातः 10 बजे से शाम 5 बजे तक खुला रहता है।

200 एकड़ क्षेत्रफल में स्थापित इस संग्रहालय के दो भागों में एक भाग खुले आसमान के नीचे है और दूसरा एक भव्य भवन में। मुक्ताकाश प्रदर्शनी में भारत की विविधता को दर्शाया गया है। इसमें हिमालयी, तटीय, रेगिस्तानी व जनजातीय निवास के अनुसार वर्गीकृत कर प्रदर्शित

किया गया है। मध्य-भारत की जनजातियों को भी पर्याप्त स्थान मिला है जिनके अनूठे रहन-सहन को यहाँ पर देखा जा सकता है। आदिवासियों के आवासों को उनके बरतन, रसोई, कामकाज के उपकरण अन्न भंडार तथा परिवेश को हस्तशिल्प, देवी-देवताओं की मूर्तियों और स्मृति चिह्नों से सजाया गया है। बस्तर दशहरे का रथ भी यहाँ प्रदर्शित है जो आदिवासियों और उनके राजपरिवार की परंपरा का एक भाग है।

भीतरी संग्रहालय भवन बहुत विशाल है, जिसका स्थापत्य अनूठा है। यह संग्रहालय ढालदार भूमि पर 10 हजार वर्ग मीटर के क्षेत्रफल में फैला है। इसके अंदर अनेक प्रदर्शनी कक्ष हैं। प्रथम कक्ष में मानव जीवन के विकास की कहानी को चरणबद्ध रूप से दर्शाने के लिए माडलों व स्केचों का सहारा लिया गया है। देश के विभिन्न भागों से जुटाए गए साक्ष्यों को भी यहाँ रखा गया है। यहाँ विभिन्न समाजों के जनजीवन की बहुरंगी झलक तो देखने को मिलती ही है, अलग-अलग क्षेत्रों के परिधान, साजसज्जा, आभूषण, संगीत के उपकरण, पारंपरिक कला, हस्तशिल्प, शिकार, मछली मारने के उपकरण, कृषि उपकरण, औजार व तकनीकी, पशुपालन, कताई व बुनाई के उपकरण, मनोरंजन, उनकी कला से जुड़े नमूने से भी परिचय होता है। यह संग्रहालय 21 मार्च 1977 को नई दिल्ली के बहावलपुर हाउस में खोला गया था किंतु दिल्ली में पर्याप्त जमीन व स्थान के अभाव में इसे भोपाल में लाया गया। चूँकि श्यामला पहाड़ी के एक भाग में पहले से ही प्रागैतिहासिक काल की प्रस्तर पर बनी कुछ कलाकृतियाँ थीं, इसलिए इसे यहीं स्थापित करने का निर्णय लिया गया।

यहाँ स्थित दूसरा संग्रहालय राज्य आदिवासी संग्रहालय के नाम से जाना जाता है। यह भी श्यामला पहाड़ी पर स्थित है और आदिम जाति अनुसंधान केंद्र के परिसर में है। मध्य प्रदेश के आदिवासियों के जनजीवन व उनकी संस्कृति के संरक्षण के उद्देश्य से इस संस्थान की स्थापना

1954 में छिंदवाड़ा में कर दी गई थी किंतु किसी केंद्रीय स्थान में इसकी उपयोगिता को देखते हुए 1965 में इसे छिंदवाड़ा से भोपाल स्थानांतरित कर दिया गया। इस संग्रहालय में जनजातियों की उपासना की मूर्तियाँ, संगीत उपकरण, आभूषण, चित्रकारी, प्रस्तर उपकरण, कृषि उपकरण, शिकार करने के हथियार-तीर कमान, मस्त्य आखेट के उपकरण, वस्त्र हस्तशिल्प व उनके औषध तन्त्र आदि संग्रहीत हैं। छत्तीसगढ़ राज्य के गठन से पूर्व में इसमें वहाँ की भी जनजातियाँ शामिल थी, किंतु राज्य बनने के बाद इस संग्रहालय का क्षेत्र कुछ कम हो गया। राज्य की लगभग 40 जनजातियों द्वारा निर्मित कलाकृतियों को यहाँ रखा गया है जिनमें सहरिया, भील, गोंड भरिया, कोरकू, प्रधान, मवासी, बैगा, पनिगा, खैरवार कोल, पाव भिलाला, बारेला, पटेलिया, डामोर आदि शामिल हैं।

उत्तर प्रदेश के स्मारक और संग्रहालय

उत्तर प्रदेश देश का एक ऐसा राज्य है जहां काफी संख्या में स्मारक स्थल हैं। सरकार द्वारा प्रदेश के सैकड़ों स्मारक स्थलों को संरक्षित करने का काम किया गया है और हाल ही में इनकी सूची जारी की गई है।

इस सूची में हाथरस में राजा उदय सिंह की कचहरी के अवशेष एवं सासनी का किला-हाथरस, अलीगढ़ का किला और उससे संबद्ध बाउंड्री-अलीगढ़ तथा आगरा जिले में बटेश्वरनाथ मंदिर, मोहारी ग्राम में स्थित मोहारी का पुराना टीला, टीला जैगारा, तहसील भवन किरावली जिसे अकबर का शिकारगाह कहा जाता है, मऊ जनपद में भीराडीह, इलाहाबाद जिले के कोल्डिहवा का प्राचीन स्थल, महगरा का प्राचीन स्थल, चोपनी मौडू का प्राचीन स्थल शामिल है।

इसी तरह सूची में शामिल है – उन्नाव जिले के हसनमीर टीला हनुमानगढ़ी, संचान कोट का टीला, ऊगू का पुराना टीला, कानपुर नगर के जाजमऊ का प्राचीन टीला, टिकैतराय का शिवमंदिर, राजा टिकैतराय द्वारा निर्मित बारादारी, वाल्मीकि आश्रम, नाना फड़नवीस से संबद्ध प्राचीन टीला, कानपुर देहात जनपद में स्थित पिसनारिन का मठ मूसानगर टीला भोगनीपुर, जहांगीराबाद का टीला, शुक्ला तालाब, गोण्डा जिले के रूपई ग्राम का रूपई डीह गोपालबाग तथा वजीरगंज बारादरी।

महराजगंज जनपद में बनरसिया कला, बनरसिया खुर्द, गोरखपुर जिले

में विष्णु की विशाल प्रतिमा, चडिहार बांसगांव, नरहन बांसगांव, जनपद जौनपुर के शेरजमन खां का मकबरा, पत्थर का शेर, सई नदी का पुल, शाहीपुल, झांसी जनपद के रानी लक्ष्मीबाई मंदिर, बरुआ सागर फोर्ट, फूटा दरवाजे के सामने की जमीन, रानी महल के सामने की जमीन, हाथीखाना, रघुनाथ राव का महल, पीलीभीत जनपद में स्थित गौरीशंकर मंदिर संरक्षित स्मारक स्थल में हैं।

प्रतापगढ़ में सराय नाहरराम प्राचीन स्थल, महदंहा प्राचीन स्थल, फैजाबाद जिले की हवेली अवध, गुतारघाट राजमंदिर, संतकबीर नगर जनपद में स्थित संतकबीर दास की समाधि एवं मजार, कोपिया अथवा अनुप्रिया का प्राचीन स्थल, बिजनौर जिले का कण्व आश्रम, मथुरा जिले का गोपीनाथ मंदिर, सोंख का प्राचीन टीला, गोविन्द नगर का टीला, कंस किला, पोतराकुण्ड, कुसुम वन सरोवर एवं छतरियां, बरसाना की छतरियां, गोवर्धन की छतरियां तथा रसखान की समाधि, जनपद-मिर्जापुर में स्थित चुनार किला, भुईली प्राचीन स्थल सारनाथ मंदिर, सिद्धनाथ की दरी लेखनिया पहाड़, चित्रित शैलाश्रम, मैगालिथिक अवशेष, लेखानिया पहाड़ के चित्रित शैलाश्रम, कोटवा पहाड़ के मैगालिथिक अवशेष भल्दरिया चित्रित शैलाश्रम तथा लेखनिया चित्रित शैलाश्रम है।

जिला सोनभद्र स्थित राक शैलटर्स चित्रित शैलाश्रम पंचमुखी पहाड़ियों पर चित्रित शैलाश्रम, मुखादरी एवं चित्रित शैलाश्रम शिवमंदिर, जिला मुजफ्फरनगर स्थित बाबा गरीबनाथ का मकबरा, प्राचीन गुम्बद्ध बन्तीखेड़ा, मेरठ जिले में स्थित बालेश्वर नाथ मंदिर, बेगम समरू महल, रायबरेली स्थित ओइडीह, फिरोजाबाद स्थित फिरोजशाह का मकबरा, ललितपुर स्थित राघवेन्द्र सरकार मंदिर (प्राचीन शिव मंदिर) दुर्गा जी का प्राचीन मंदिर, प्राचीन बैठक दो गोण्डवानी मंदिर, प्राचीन मकबरा, प्राचीन मंदिर, शिवमंदिर, गोण्डवानी मंदिर, सोई का मिला प्राचीन मंदिर, मड प्रथम,

प्राचीन मंदिर-द्वितीय राम मंदिर, बावली मंदिर तथा कुण्ड हटवारा मंदिर, बालाबेहट का किला, रणछोर मंदिर, प्राचीन मंदिर भौंता, प्राचीन सुमेरगढ़ मंदिर लक्ष्मण गढ़ मंदिर, मंदिर अधिष्ठान के मंदिर आदि के अवशेष, जैनमंदिर, रामजानकी मंदिर, शिवमंदिर, दिगम्बर जैन मंदिर नवग्रह मंदिर खीरी लखीमपुर जिले में स्थित मेढ़क शिवमंदिर।

हरदोई जनपद में नरपतसिंह की गढ़ी, गेगलापुर का प्राचीन टीला, शाहाबाद का टीला, महोबा जिले के शांतिनाथ मंदिर, योगिनी माता मंदिर, सूपागढ़ी, ड्योढ़ी दरवाजा, प्राचीन मंदिर इमिलिया सहारनपुर जिले का सहसपाल का किला एवं टीला, सुल्तानपुर जिले में स्थित इटिहवा, ठाकुरबाबा मंदिर, महाबीरन, टीला और मंदिर, चंदौली जिले में स्थित पुराना मंदिर, सीतापुर जनपद में स्थित मनवाडीह टीला, हुसेनियाडीह, कोटटीला, मसानदेवी का मंदिर और टीला, गढ़ी कल्पादेवी और आस्तिक बाबा का मंदिर तथा आस्तिक बाबा का टीला संरक्षित किया गया है।

जनपद वाराणसी स्थित बत्तीस खंभा, बकरियाकुंड, बत्तीस खंभा वाराणसी सिटी स्टेशन का मालगोदाम, अलुईपुर, लहरतारा तालाब, कर्दमेश्वर महादेव मंदिर, गुरुधाम मंदिर तथा लखनऊ शहर एवं जनपद में स्थित स्मारक क्रमशः आलमबाग भवन एवं मुख्य प्रवेश द्वार, लाल बारादरी, बड़ी छत्तर मंजिल, फरहत बख्श कोठी, रोशन उद्दौला कोठी, हुलास खेड़ा किला, दहियार का टीला, दादूपुर का टीला, नटवाडीह चतुर्भुज बाबादेव स्थान, मंढक महारानी देव स्थान, देवरा ठाकुर मंदिर स्थान तथा जानकी चरण बाबाधोयी महारानी देव स्थान संरक्षित स्मारक स्थल है।

शहीद स्मारक माल रोड मेरठ

शहीद स्मारक मेरठ के माल रोड पर स्थित है। शहीद स्मारक पर स्थापित मूर्ति 1857 में भारत की आजादी हेतु महासंग्राम के अन्तर्गत लड़ी गई लड़ाई को परिभाषित करती है।

यह केवल सिपाही विद्रोह मात्र नहीं था, बल्कि एक ऐसा युद्ध था जिसमें अंग्रेजी सेना में कार्यरत भारतीय सिपाहियों तथा भारत के शहरों से लेकर ग्रामीण आँचलों के योद्धाओं ने एक जुट होकर अंग्रेजी साम्राज्य से लोहा लिया था।

इस मूर्ति में एक भारतीय सैनिक अंग्रेजी फौज की वर्दी में तथा दूसरा साधारण भारतीय नागरिक को एक साथ आक्रामक मुद्रा में दिखाया गया है। इनकी पोशाक इत्यादि को 1857 के अभिलेखों में उपलब्ध रेखचित्रों से लिया गया है। इस मूर्ति के नीचे तीन शिलालेख हैं। जिसका विवरण इस प्रकार है – पूर्वीलेख में उन 85 सिपाहियों के नाम हैं जिन्होंने 24 अप्रैल 1857 को मेरठ में चर्बीयुक्त कारतूसों के प्रयोग से इंकार किया था।

पश्चिमी लेख में उन कुछ गांवों के नाम लिखे हैं, जो अंग्रेजी अभिलेखों में बागी गांव थे। दक्षिणी लेख में 1857 की क्रान्ति का संक्षित विवरण है।

ताज संग्रहालय

वर्तमान में आगरा मण्डल के अन्तर्गत एक स्थलीय संग्रहालय ताजमहल परिसर में स्थित है। इसके अलावा फतेहपुर सीकरी में आगरा मण्डल का द्वितीय स्थलीय संग्रहालय फतेहपुर सीकरी में निर्माणाधीन है। सर्वप्रथम भारत के वायसराय लार्ड कर्जन (1899-1905 ई.) के काल में ताज संग्रहालय की स्थापना ताजमहल के मुख्य प्रवेश द्वार के पश्चिम में स्थित दो षटकोणीय कमरों में की गई थी। कालांतर में खान बहादुर मौलवी जफर हुसैन-मानद क्यूरेटर एवं अधीक्षक, पुरातत्व सर्वेक्षण, उत्तरी मण्डल, आगरा, ने इस संग्रहालय को विकसित करने में बहुमूल्य योगदान दिया।

उस समय संग्रहालय में आगरा के किले तथा ताजमहल की प्राचीन निर्माण योजनाओं का प्रारूप, पत्थर के नमूने, जड़ाऊ कार्य में उपयोग होने वाले औजार, कुछ रंगीन चित्र, शाही फरमान, सनद, (भूमि संबंधित

अभिलेख व आलेख) आगरा के किले से मिले लेख, ताजमहल निर्माण में प्रयुक्त कीमती पत्थरों के नमूने पुराने चित्रों का संग्रह इत्यादि प्रदर्शित किए गए थे।

वर्तमान ताज संग्रहालय पश्चिमी जलमहल में स्थित है, जो कि ताजमहल परिसर का ही अभिन्न अंग है यह एक दुमंजिला भवन है जो पश्चिमी दीवार के मध्य में एक ऊँचे आसन पर चतुष्कोणीय छज्जे के रूप में निर्मित है निचला तल संग्रहालय के तौर पर प्रदर्शित किया गया है, जबकि ऊपरी तल का उपयोग संग्रहालय के कार्यालय के तौर पर किया जाता है। वर्तमान में प्रदर्शित पूर्ण विकसित संग्रहालय ने अपना कार्य 18 सितम्बर 1982 से प्रारंभ किया था। संग्रहालय में प्रत्येक विषय को प्रदर्शित करने के लिए विशेष तौर पर दीर्घाएं विकसित की गई हैं।

संग्रहालय में मुख्य हॉल के अलावा तीन दीर्घाओं को सम्मिलित किया

गया है जिसमें प्रदर्शित अधिकतर सामग्री ताजमहल के निर्माण एवं मुगल काल से संबंधित है। मोटे तौर पर इसमें मुगल लघु चित्र, पांडुलिपियाँ, शाही फरमान, सनद सुलेखन/खुशनबीसी (कुरान की आयतें लिखने की शैली) के नमूने शस्त्र, बरतन, ताजमहल की निर्माण योजनाओं के प्रारूप एवं ताज परिसर के चित्र, पेंटिंग, पच्चीकारी (कीमती पत्थर-रत्न, इत्यादि जड़ना) कार्य, आगरा किले के दो संगमरमर खम्भों के पुरातन अवशेष प्रदर्शित किए गए हैं।

मुख्य हॉल-चहुल मजलिस (चालीस की सभा) की 1612 ई. की एक दिलचस्प पांडुलिपि भी प्रदर्शित की गई है जिसमें सम्राट शाहजहाँ (1628-1658) के हस्ताक्षर हैं और 4 फरवरी 1628 की तिथि के साथ शाही मुगल मोहर भी लगी हुई है, साथ ही अन्य महत्वपूर्ण शाही फरमान (आदेश), दस्तावेज, ब्रिटिश कलाकार डेनियल द्वारा सन् 1795 ई. में तैयार आरेख चित्र भी प्रदर्शन के लिए रखे गए हैं।

ताज संग्रहालय का आंतरिक दृश्य

एक अन्य दिलचस्प जनरल पेरन का आदेश जो मुगल सम्राट शाह आलम द्वितीय के काल का है जो ताजगंज के बगीचे के फलों की नीलामी के विवरण के आंकड़े प्रदर्शित करता है। शाहजहाँ के शाही फरमान जिसमें विभिन्न गांवों को दिए गए भूमि अनुदान एवं शेख हातिम को दिए गए अनुदान के वंशानुगत भूमि हक की अनुमोदित करने वाले फरमान भी दीर्घा में प्रदर्शन हेतु रखे गए हैं।

शाहजहाँ के दिनांक 1042 हिजरी (अगस्त 1632 ई.) के फरमान की प्रतिलिपियाँ जो जयपुर (राजस्थान) के राजा जय सिंह को संबोधित करते हुए जारी किया था। इसमें शाही इमारत ताजमहल निर्माण के लिए मकराना (मकराना तहसील, जिला नागौर, राज्य राजस्थान) से मकराना

संगमरमर पत्थर की निरंतर आपूर्ति संबंधी निर्देश हैं, भी प्रदर्शन के लिए रखी गई है। ताजमहल की प्रतिमूर्ति के साथ ही एक विश्व मानचित्र भी प्रदर्शित किया गया है जिसमें ताजमहल निर्माण में प्रयुक्त विभिन्न जड़ाऊ कार्य के लिए कीमती पत्थरों को विश्व के किन-किन स्थानों से लाया गया था, चिह्नित किए गए हैं। साथ ही अर्ध कीमती पत्थरों के नमूने भी प्रदर्शित किए गए हैं।

दीर्घा 1-खुशनवीसी (सुलेखन) कला, मिर्जा मुहम्मद सुलेमान (दारा शिकोह के बेटे) और मुहम्मद शाह (शाहजहाँ के दूसरे बेटे) शूजा अब्दुर रशीद दैल्मी, मुहम्मद हुसैन अल कातिब तथा मूलराज जैसे उस काल के सुप्रसिद्ध खुशनवीसों का कार्य भी प्रदर्शन के लिए रखा गया है। कुछ जेड पत्थर और चीनी मिट्टी की वस्तुएं जैसे जेड का नक्काशीदार कुरान रखने को स्टैण्ड, एक अलंकृत लोटा जिस पर जेड की सुन्दर नक्काशी की गई है, पत्थर पर जड़ा दर्पण कलाडान के कटोरे एवं बर्तन जो विषैले खाद्य पदार्थ के सम्पर्क में आने पर रंग बदल लेते थे या टूट जाते हैं, तलवारें, खंजर इत्यादि भी इस दीर्घा में प्रदर्शित किए गए हैं।

दीर्घा 2-सम्राट शाहजहाँ (1628-1658 ई.) और उनकी सबसे प्रिय बेगम मुमताज महल दोनों की हाथी दांत पर उकेरी गई लकड़ी के फ्रेम में जड़े चित्र इस दीर्घा में प्रदर्शित हैं। प्रसिद्ध फारसी महाकाव्य फिरदौसी रचित शाहनामा का एक अन्य चित्र और सम्राट जहांगीर, शाहजहाँ एवं अन्य शाही परिजनों के सभी लघु चित्र भी प्रदर्शित किए गए हैं।

शाहजहाँ मुमताज महल

दीर्घा 3-ताजमहल की वास्तुकला की विशेषताओं पर प्रकाश डालती निर्माण योजनाएं और रंगीन चित्राकृतियाँ इस दीर्घा में दिखाई गई हैं। साइट (कार्यस्थल) की योजना, गुम्बद की फ्रण्ट एलिवेशन (अग्रपृष्ठीय उभार)

योजना एवं अन्य साइट योजना पर दर्ज विवरण भी प्रदर्शित किए गये हैं। अकबराबाद में ढाले गये सोने एवं चांदी के कुछ सिक्के भी इस दीर्घा में प्रदर्शित किए गये हैं।

राजकीय संग्रहालय मथुरा

राजकीय संग्रहालय मथुरा उत्तर प्रदेश राज्य के मथुरा जिले के मुख्यालय मथुरा में स्थित है। ये राजकीय संग्रहालय देश के अनेक संग्रहालयों में बंट चुका है। यहाँ की सामग्री लखनऊ के राज्य संग्रहालय में, कलकत्ते के भारतीय संग्रहालय में, बम्बई और वाराणसी के संग्रहालयों में तथा विदेशों में मुख्यतः अमेरिका के बोस्टन संग्रहालय में, पेरिस व ज्युरिख के संग्रहालयों व लन्दन के ब्रिटिश संग्रहालय में प्रदर्शित है। परन्तु इसका सबसे बड़ा भाग मथुरा संग्रहालय में सुरक्षित है। इसके अतिरिक्त कतिपय व्यक्तिगत संग्रहों में भी मथुरा की कलाकृतियां हैं। मथुरा का यह संग्रहालय यहाँ के तत्कालीन जिलाधीश श्री एफ एस ग्राउज द्वारा सन् 1874 में स्थापित किया गया था।

भारतीय कला को मथुरा की विशेष देन है। भारतीय कला के इतिहास में यहीं पर सर्वप्रथम हमें शासकों के लेखों से अंकित मानवीय आकारों में बनी प्रतिमाएं दिखलाई पड़ती हैं। कुषाण सम्राट वेमकटफिश, कनिष्क एवं पूर्ववर्ती शासक चष्टन की मूर्तियां माँट नामक स्थान से पहले ही मिल चुकी हैं। एक और मूर्ति जो संभवतः हुविष्क की हो सकती है, इस समय गोकर्णेश्वर के नाम से मथुरा में पूजी जाती है। ऐसा लगता है कि कुषाण राजाओं को अपने और पूर्वजों के प्रतिमा-मन्दिर या देवकुल बनवाने की विशेष रूचि थी। इस प्रकार का एक देवकुल तो माँट में था और दूसरा संभवतः गोकर्णेश्वर में। इन स्थानों से उपरोक्त लेखांकित मूर्तियों के अतिरिक्त अन्य राजपुरुषों की मूर्तियां भी मिली हैं, लेकिन उन पर

लेख नहीं है। इस संदर्भ में यह बताना आवश्यक है कि कुषाणों का एक और देवकुल, जिसे वहां बागोलांगो कहा गया है, अफगानिस्तान के सुर्ख कोतल नामक स्थान पर था। हाल में ही यहाँ की खुदाई से इस देवकुल की सारी रूपरेखा स्पष्ट हुई हैं।

इलाहाबाद संग्रहालय

पतित पावनी गंगा, शस्य श्यामला यमुना और अदृश्य सरस्वती के संगम, नेहरु परिवार के पैतृक आवास आनंद भवन और पूरब का आक्सफोर्ड के नाम से प्रसिद्ध इलाहाबाद विश्वविद्यालय के अलावा इस शहर में शहीद चंद्रशेखर आजाद पार्क (अल्फेड पार्क) भी है, जो आजादी के दीवानों के जज्बों को सलाम करता है।

आजाद की पिस्तौल इलाहाबाद संग्रहालय में प्रदर्शित की गयी है, जो इसी पार्क में स्थित है। इस पार्क का नामकरण शहीद चंद्रशेखर आजाद पार्क कर दिया गया और यहीं उनके शहादत स्थल पर आजाद की विशाल मूर्ति स्थापित की गयी है।

इलाहाबाद संग्रहालय के निदेशक डॉ. एस के शर्मा के अनुसार इस संग्रहालय में चंद्रशेखर आजाद की पिस्तौल प्रदर्शित की गयी है, जिससे उन्होंने ब्रितानिया सरकार से लोहा लिया और अंत में अंग्रेज सरकार के हाथ आने के पहले इसी पार्क में शहीद हो गये थे।

उन्होंने बताया कि यह कोल्ट नामक प्वाइंट 32 बोर की पिस्तौल है, जिस पर स्मोकलेस और रिमलेस लिखा हुआ है और इसका निर्माण अमेरिका में हुआ है। उन्होंने बताया कि यह पिस्तौल पहले लंदन में थी। बाद में हिंदुस्तान लाने के बाद इसे लखनऊ के राज्य संग्रहालय में रखा गया और प्रयाग के साथ ऐतिहासिक संबंध और यहाँ के लोगों की मांग के बाद इसे यहाँ लाया गया।

सारनाथ संग्रहालय

सारनाथ संग्रहालय भारतीय पुरातत्व सर्वेक्षण का प्राचीनतम स्थल संग्रहालय है। सारनाथ संग्रहालय की स्थापना सन् 1904 ई. में हुई थी। पुरावस्तुओं को रखने, प्रदर्शित करने और उनका अध्ययन करने के लिए यह भवन 1910 में बनकर तैयार हुआ। यह भवन योजना में आधे मठ (संघारम) के रूप में है। इसमें ईसा से तीसरी शताब्दी पूर्व से 12वीं शताब्दी तक की पुरातन वस्तुओं का भण्डार है। सारनाथ में बौद्ध मूर्तियों का विस्तृत संग्रह है।

यहाँ पाँच दीर्घाएं और दो बरामदे हैं। दीर्घाओं का उनमें रखी गई वस्तुओं के आधार पर नामकरण किया गया है। सबसे उत्तर में स्थित दीर्घा तथागत दीर्घा है जबकि बाद वाली त्रिरत्न दीर्घा है। मुख्य कक्ष शाक्य सिंह दीर्घा के नाम से जाना जाता है और दक्षिण में इसकी आसन्न दीर्घा को त्रिमूर्ति नाम दिया गया है। सबसे दक्षिण में आशुतोष दीर्घा है, उत्तरी और दक्षिणी ओर के बरामदे को क्रमशः वास्तुमंडन और शिल्परत्न नाम दिया गया है।

संग्रहालय में मुख्य कक्ष से होकर प्रवेश किया जाता है। शाक्य सिंह दीर्घा संग्रहालय की सर्वाधिक मूल्यवान संग्रहों को प्रदर्शित करती है। इस दीर्घा के केन्द्र में मौर्य स्तंभ का सिंह स्तंभ शीर्ष मौजूद है जो भारत का राष्ट्रीय प्रतीक बन गया है। संग्रहालय में संरक्षित वस्तुओं की बात करें तो बौद्ध कला की प्रतीक इन मूर्तियों को यहाँ के संग्रहालय में संरक्षित किया गया है। प्राचीन काल की अनेक बौद्ध और बोधित्व की प्रतिमाएं इस संग्रहालय में देखी जा सकती है। भारत के राष्ट्रीय प्रतीक अशोक स्तम्भ का मुकुट भी इस संग्रहालय में संरक्षित है। चार शेरों वाले अशोक स्तम्भ का यह मुकुट लगभग 250 ईसा पूर्व अशोक स्तम्भ के ऊपर स्थापित किया गया था। तुर्कों के हमले में अशोक स्तम्भ

क्षतिग्रस्त हो गया और इसका मुकुट बाद में संग्रहालय में रख दिया गया। यक्ष प्रतिमा सारनाथ संग्रहालय में सुरक्षित है। यह यक्ष प्रतिमा प्रथम-द्वितीय शताब्दी ईसा पूर्व की है।

विभिन्न मुद्राओं में बुद्ध और तारा की मूर्तियों के अलावा, भिक्षु बाला द्वारा समर्पित लाल बलुआ पत्थर की बोधिसत्व की खड़ी मुद्रा वाली अभिलिखित विशालकाय मूर्तियां, अष्टभुजी शाफ्ट, छतरी भी प्रदर्शित की गई हैं। त्रिरत्न दीर्घा में बौद्ध देवगणों की मूर्तियां और कुछ सम्बद्ध वस्तुएं प्रदर्शित हैं।

सिद्धकविरा की एक खड़ी मूर्ति जो मंजुश्री का एक रूप है, खड़ी मुद्रा में तारा, लियोपग्राफ, बैठी मुद्रा में बोधिसत्व पद्मपाणि, श्रावस्ती के चमत्कार को दर्शाने वाला प्रस्तर-पट्ट, जम्भाला और वसुधरा, नागाओं द्वारा सुरक्षा किए जा रहे रामग्राम स्तूप का चित्रांकन, कुमारदेवी के अभिलेख, बुद्ध के जीवन से संबंधित अष्टमहास्थानों (आठ महान स्थान) को दर्शाने वाला प्रस्तर-पट्ट, शुंगकालीन रेलिंग अत्यधिक उत्कृष्ट है।

तथागत दीर्घा में विभिन्न मुद्रा में बुद्ध, वज्रसत्व, बोधित्व पद्मपाणि, विष के प्याले के साथ नीलकंठ लोकेश्वर, मैत्रेय, सारनाथ कला शैली की सर्वाधिक उल्लेखनीय प्रतिमा उपदेश देते हुए बुद्ध की मूर्तियां प्रदर्शित हैं।

त्रिमूर्ति दीर्घा में बैठी मुद्रा में गोल तोंद वाले यक्ष की मूर्ति, त्रिमूर्ति (ब्रह्मा, विष्णु और महेश) की मूर्ति, सूर्य, सरस्वती महिषासुर मर्दिनी की मूर्तियां और पक्षियों, जानवरों, पुरुष और महिला के सिरों की मूर्तियों जैसी कुछ धर्म-निरपेक्ष वस्तुएं और साथ ही कुछ गचकारी वाली मूर्तियां मौजूद हैं।

आशुतोष दीर्घा में, विभिन्न स्वरूपों में शिव, विष्णु, गणेश, कार्तिकेय, अग्नि, पार्वती, नवग्रह, भैरव जैसे ब्राह्मण देवगण और शिव द्वारा अंधकासुरवध की विशालकाय मूर्ति प्रदर्शित है।

अधिकांशतः वास्तुकला संबंधी अवशेष संग्रहालय के दो बरामदों में प्रदर्शित हैं। शांतिवादिना जातक की कथा को दर्शाने वाली एक विशाल सोहावटी एक सुंदर कलाकृति है।

अशफाक उल्ला खां स्मारक

फैजाबाद में महान क्रांतिकारी अमर शहीद अशफाक उल्ला खां का स्मारक है, लेकिन यह दुखद है कि इस महान क्रांतिकारी की यादें सहेजने वाला

स्मारक वर्ष पर्यंत ताले में बंद रहता है। इसके लिए मंडल कारागार की सुरक्षा का वास्ता दिया जाता है। ऐसे में सालभर में मात्र एक दिन 19 दिसंबर (शहीद दिवस) को ही आम जन इस शहीद स्थल का नजदीक से दीदार कर पाता है, बाकी दिन यह उपेक्षित ही रहता है।

लखनऊ जिले के काकोरी में नौ अगस्त 1925 को ट्रेन से जा रहा ब्रितानिया हुकूमत का खजाना लूटने की घटना हुई थी। इसमें पं. रामप्रसाद बिस्मिल के साथ अशफाक उल्ला खां, रोशन सिंह व राजेंद्र लाहिड़ी समेत आठ लोग शामिल थे। गिरफ्तारी होने पर इन्हें जेल में शारीरिक यातनाएं दी गईं। साथ ही फांसी की सजा भी सुनाई गई। इसी क्रम में अशफाक उल्ला खां को फैजाबाद, राम प्रसाद बिस्मिल को गोरखपुर, रोशन सिंह को इलाहाबाद व राजेंद्र लाहिड़ी को गोंडा जेल में 19 दिसंबर 1927 को फांसी दी गई थी। अमर शहीद अशफाक की यादें ताजा करने के लिए मंडल कारागार परिसर में उस स्थल को शहीद स्थल घोषित किया गया है जहां उन्हें फांसी दी गई थी। यहां हर साल शहीद दिवस पर स्वतंत्रता संग्राम सेनानी परिषद जेल प्रशासन की मदद से कार्यक्रम आयोजित करता रहा है। 1913 में इस पर भी ग्रहण लग गया।

बिहार के स्मारक और संग्रहालय

बिहार भारत का एक प्रशासनिक राज्य है। बिहार की राजधानी पटना है। बिहार के उत्तर में नेपाल, पूर्व में पश्चिम बंगाल, पश्चिम में उत्तर प्रदेश और दक्षिण में झारखण्ड स्थित है। बिहार नाम का प्रादुर्भाव संभवतः बौद्ध विहारों के विहार शब्द से हुआ है जिसे विहार के स्थान पर इसके विकृत रूप बिहार से संबोधित किया जाता है। यह क्षेत्र गंगा नदी तथा उसकी सहायक नदियों के उपजाऊ मैदानों में बसा है। प्राचीन काल के विशाल साम्राज्यों का गढ़ रहा यह प्रदेश, वर्तमान में देश की अर्थव्यवस्था के सबसे पिछड़े योगदाताओं में से एक गिना जाता है। बिहार में स्मारक और संग्रहालयों की बातें करें तो यहां कई राष्ट्रीय धरोहरें हैं, लेकिन हम मुख्य धरोहरों की ही चर्चा करेंगे।

नालंदा पुरातात्विक संग्रहालय, नालंदा

नालंदा पुरातात्विक संग्रहालय, बिहार का सबसे चर्चित संग्रहालय है, जिसे देखने के लिए विदेशों से भी भारी संख्या में लोग आते हैं। यह नालंदा विश्वविद्यालय अवशेषों के ठीक सामने है। यहाँ पुरातात्विक विभाग ने खुदाई के दौरान मिली हुई बौद्ध एवं हिंदू कांसे की वस्तुओं और बिना क्षतिग्रस्त हुई भगवान् बुद्ध की मूर्तियों के दुर्लभ संग्रह को सावधानीपूर्वक बरकरार रखा है।

यह नालंदा के महत्वपूर्ण पर्यटन स्थलों में से एक है। इनके संग्रह में तांबे की प्लेटें, पत्थरों पर लिखे गए शिलालेख, सिक्के, बर्तन और बारहवीं शताब्दी के जले हुए चावल के नमूने हैं। पहली शताब्दी के दो बड़े टेराकोटा जार भी एक बाड़े में यहाँ रखे गए हैं। यह संग्रहालय शुक्रवार को बंद रहता है।

13463 पुरावस्तुओं में से 349 वस्तुएं संग्रहालय की चार दीर्घाओं में प्रदर्शित हैं। नालंदा से प्राप्त पुरावस्तुएं 5वीं से 12वीं शताब्दी ईसवी की हैं, किंतु राजगीर से प्राप्त कुछ पुरावस्तुएं इससे भी थोड़े पहले समय की हैं। इस संग्रहालय में रखी गई मूर्तियां पत्थर, कांस्य, संगमरमर के चूने, और टेराकोटा की बनी हैं, किंतु इनमें से अधिकतर बैसाल्ट पत्थर पर उत्कीर्ण की गई हैं। अधिकतर मूर्तियां बौद्ध मत की हैं, परंतु जैन या हिन्दू धर्म से संबंधित मूर्तियां भी अच्छी संख्या में हैं। मुख्य दीर्घा में सोलह मूर्तियां प्रदर्शित हैं जिनमें से त्रैलोक्य विजय (एक वज्रायन देव), बोधिसत्व अवलोकितेश्वर, मैत्रेय वरद, धर्मचक्र और भूमिस्पर्श मुद्रा में बुद्ध, सामंतभद्र, पार्श्वनाथ और नागराज उल्लेखनीय हैं। नालंदा विश्वविद्यालय के उत्खनित अवशेषों का एक मानधारी मॉडल कक्ष के केन्द्र में स्थित है।

प्रथम दीर्घा में 57 चित्र और मूर्तियां प्रदर्शित हैं। खसर्पणा हेका, मारिची, वागेश्वरी, वैशाली-मिर्कल, वरद मुद्रा में बुद्ध, श्रावस्ती का चमत्कार, सूर्य, लक्ष्मी, गणेश, शिव-पार्वती, कुबेर और ऋषभनाथ से संबंधित चित्र और मूर्तियां महत्वपूर्ण हैं।

द्वितीय दीर्घा में टेराकोटा, संगमरमर के चूने, लोहे के औजार और अभिलेख समेत एक सौ सैंतालीस (147) विविध वस्तुएं प्रदर्शित हैं। श्री नालंदा महाविहारिया आर्या भिक्षु संघस्य की गाथा वाली टेराकोटा मुद्रा, यशोवर्मन, विपुल श्रीमित्र के पूर्णवर्मन के शिलालेख, निदानसुत्ता की खंडात्मक पट्टियां, स्वास्तिक और कार्तिकमुख को दर्शाने वाली टेराकोटा की टाइल्स, धर्मचक्र, पीपल के पत्ते के मूलभाव में मन्नत वाले स्तूप और जले हुए चावल का नमूना इस दीर्घा में मौजूद कुछ उल्लेखनीय वस्तुएं हैं। केन्द्रीय प्रदर्शन मंजूषा में राजगीर से प्राप्त सर्प-पूजा से संबंधित अनेक मुखों वाला बर्तन प्रदर्शित है।

तृतीय दीर्घा में कुल मिलाकर कांस्य के तिरानबे (93) नमूने प्रदर्शित किए गए हैं। वरदान देने वाली मुद्रा में बुद्ध के दो चित्र, तारा, प्रज्ञापरमिता, लोकनाथ, बोधिसत्व पद्मपाणि, भूमि-स्पर्श मुद्रा में बुद्ध, बौद्ध मंदिर इत्यादि के चित्र बौद्ध मत से संबंधित कुछ महत्वपूर्ण चित्र हैं जबकि गणेश, सूर्य, कामदेव, इंद्राणी और विष्णु इत्यादि के चित्र ब्राह्मण धर्म से संबंधित चित्र के उदाहरण हैं। चतुर्थ दीर्घा में रखी गई छत्तीस (36) पाषाण मूर्तियों और चित्रों में से कल्पद्रुम की आराधना करते किन्नर (2 पैनल), विष्णु, बुद्ध के जीवन की महत्वपूर्ण घटनाओं के साथ प्रवचन मुद्रा में मुकुटधारी बुद्ध, आठ घटनाओं के साथ भूमिस्पर्श मुद्रा में बुद्ध, मारिची, वज्रपाणि और पद्मपाणि बोधिसत्व उल्लेखनीय हैं।

नालंदा के विहार परिसर से पाए गए दो विशाल पात्र एक अलग शाला में प्रदर्शित किए गए हैं। पाषाण मूर्तियों और चित्रों, टेराकोटा,

कांस्य तथा अन्य पुरावस्तुओं की समृद्ध संपदा इसके आरक्षित संग्रह में परिरक्षित है।

इस महान संग्रहालय के अलावा बिहार में वैशाली तथा आसपास छठी सदी ईसा पूर्व में वज्जिसंघ द्वारा स्थापित विश्व का प्रथम गणराज्य के अवशेष, अशोक स्तंभ, बसोकुंड में भगवान महावीर की जन्म स्थली, अभिषेक पुष्करणी, विश्व शांतिस्तूप, राजा विशाल का गढ़, चौमुखी महादेव मंदिर आदि हैं। राजगीर तथा आसपास राजगृह मगध साम्राज्य की पहली राजधानी तथा हिंदू, जैन एवं बौध धर्म का एक प्रमुख दार्शनिक स्थल है। भगवान बुद्ध तथा वर्धमान महावीर से जुड़े कई स्थान अति पवित्र हैं। वेणुवन, सप्तपर्णी गुफा, गृद्धकूट पर्वत, जरासंध का अखाड़ा, गर्म पानी के कुंड, मखदूम कुंड आदि राजगीर के महत्वपूर्ण दर्शनीय स्थल हैं।

दिल्ली के स्मारक और संग्रहालय

दिल्ली सदियों से भारत की राजधानी रही है। यमुना नदी के किनारे स्थित इस नगर का गौरवशाली पौराणिक इतिहास है। यह भारत का अतिप्राचीन नगर है। इसके इतिहास का प्रारम्भ सिन्धु घाटी सभ्यता से जुड़ा हुआ है। हरियाणा के आसपास के क्षेत्रों में हुई खुदाई से इस बात के प्रमाण मिले हैं।

महाभारत काल में इसका नाम इन्द्रप्रस्थ था। दिल्ली सल्तनत के उत्थान के साथ ही दिल्ली एक प्रमुख राजनैतिक, सांस्कृतिक एवं वाणिज्यिक शहर के रूप में उभरी। यहाँ कई प्राचीन एवं मध्यकालीन इमारतों तथा उनके अवशेषों को देखा जा सकता है। दिल्ली के कुछ संग्रहालय एवं स्मारक इस प्रकार हैं –

दिल्ली का वायुसेना एवं युद्ध संग्रहालय

पालम के नजदीक स्थित इस संग्रहालय में भारतीय वायुसेना की ऐतिहासिक वस्तुओं का अवलोकन किया जा सकता है। प्रथम विश्वयुद्ध के समय के हवाई जहाज, चित्र एवं साहसिक दुस्साहसिक प्रदर्शन के फोटोग्राफ्स का यहाँ दुर्लभ संग्रह है। राष्ट्र के सम्मान में अपना सर्वस्त्र न्योछावर करने वाले वासुसेना के पायलटों को श्रद्धांजलि देता युद्ध संग्रहालय भी यहीं पर स्थित है।

हस्त शिल्पकला संग्रहालय दिल्ली

ग्रामीण जनजीवन की झाँकी प्रस्तुत करता लोक एवं आदिवासी कलाकृतियों का यह अनूठा संग्रहालय है। यह संग्रहालय प्रगति मैदान के अदिती पवेलियन में स्थित है। इस संग्रहालय में भारत की समृद्ध हस्तशिल्प परंपरा को प्रदर्शित किया गया है।

गुड़िया संग्रहालय, दिल्ली

लगभग 6,000 गुड़ियों से भरा यह संग्रहालय बाल पुस्तक ट्रस्ट का ही एक हिस्सा है। यहाँ अंतर्राष्ट्रीय संग्रह की अधिकांश गुड़िया अपनी पारम्परिक वेशभूषा में प्रदर्शित हैं। प्रख्यात पत्रकार शंकर द्वारा स्थापित यह संग्रहालय बहादुरशाह जफर मार्ग के पूर्व में स्थित है। यहाँ विश्व भर के खिलौना निर्माताओं का आगमन रहता है। यहीं स्थित बी.सी. रॉय बाल पुस्तकालय है, जिसमें बच्चों के लिए उत्तम पुस्तकों का संग्रह है। छोटे बच्चों के लिए यहाँ खेलघर भी बना है।

पुराना किला संग्रहालय, दिल्ली

पुराने किले में स्थित इस संग्रहालय में पुरातत्त्व खुदाई से प्राप्त पत्थर, सिक्के और अवशेष देखे जा सकते हैं। यहाँ 200 से 100 ईसा पूर्व के सिक्के, मौर्यकालीन अवशेष, गुप्तकालीन सिक्के, मानव अवशेष, 1266-86 काल के बलबन एवं 1325-57 कालीन मुहम्मद बिन तुगलक के शासन में चलने वाले सिक्के भी यहाँ प्रदर्शित हैं।

गांधी राष्ट्रीय संग्रहालय, दिल्ली

राजघाट के सामने सड़क के उस पार स्थित इस संग्रहालय में गांधी जी की लाठी, चरखा, चश्मा, चप्पल, छड़ी और कुछ पेन संग्रहित हैं। यहाँ

गांधीजी द्वारा कारागृह में प्रयुक्त खाना बनाने के बर्तन एवं गांधी के सीने को छलनी करने वाली नाथूराम गोडसे के रिवॉल्वर की गोली भी प्रदर्शित है।

भारतीय युद्ध स्मृति संग्रहालय, दिल्ली

लाल किले में नौबतखाने के ठीक ऊपरी भाग में स्थित इस संग्रहालय में प्रमुख विश्वयुद्ध से मुगलकालीन युद्धों में प्रयुक्त अस्त्र-शस्त्र आदि संग्रहित हैं।

इंदिरा गांधी संग्रहालय, दिल्ली

भारत की पूर्व प्रधानमंत्री श्रीमती इंदिरा गांधी का राजकीय निवास 1, सफदरजंग रोड को अब संग्रहालय में बदल दिया गया है। यहाँ श्रीमती इंदिरा गांधी की व्यक्तिगत यादें संजोई गई हैं। राष्ट्रीय आन्दोलनों में नेहरु-गांधी परिवार के सहयोग से सम्बन्धित कई छायाचित्र भी यहाँ दर्शनीय हैं।

यहाँ 1984 में हुई इंदिरा गांधी की नृशंस हत्या के स्थल को भी दर्शाया गया है।

राष्ट्रीय संग्रहालय, दिल्ली

1960 तक राष्ट्रपति भवन में चल रहे इस संग्रहालय को 1960 में वर्तमान जगह पर स्थानान्तरित किया गया। यह भारत के ऐतिहासिक एवं महत्त्वपूर्ण संग्रहालयों में से एक है। यहाँ देखने के लिए एक पूरे दिन की आवश्यकता होती है। भारत में कहीं पर भी प्राप्त कलाकृतियों का यह अनूठा संग्रह है। तीन विभिन्न मंजिलों में बंटे इस संग्रहालय में ऐतिहासिक मानव सभ्यता के अवशेष, मौर्यकालीन, गांधार, गुप्त एवं अन्य राजवंशों के समय के भित्तिचित्र, प्रस्तर खण्ड, ताम्र पत्रादि एवं अनगिनत दुर्लभ कलाकृतियाँ

प्रदर्शित हैं। यहीं पर हस्तशिल्प वीथिका में कपड़ा एवं सजावटी वस्तुएँ प्रदर्शित हैं। यहीं पर दिल्ली की खुदाई के अवशेष हैं। यहीं पास में पुराने कागजात एवं अभिलेख संग्रहित हैं। भारतीय कला एवं संस्कृति से सम्बन्धित पुस्तकें यहीं प्रवेश द्वार से खरीदी जा सकती हैं।

राष्ट्रीय रेल संग्रहालय, दिल्ली

अपनी तरह का यह भारत का पहला संग्रहालय है। दस एकड़ क्षेत्र में फैले आठ कोण वाले इस भवन की स्थापना 1 फरवरी 1977 को हुई थी। यहाँ भारत की दुर्लभ पुरानी रेलगाड़ियाँ संग्रहित हैं। सूचनापरक आन्तरिक संग्रहालय में पुरानी 26 चलायमान गाड़ियाँ, 17 अनूठे मालवाहक डिब्बे एवं कई सैलून हैं।

यहाँ बच्चों के लिए एक छोटी खिलौना रेल भी चलती है, जो उन्हें संग्रहालय में घुमाती है।

प्राकृतिक ऐतिहासिक राष्ट्रीय संग्रहालय

तानसेन मार्ग पर फेडरेशन हाउस में स्थित इस संग्रहालय में मृत जानवरों एवं पक्षियों के नमूने दर्शाये गए हैं। यहाँ बच्चों के लिए अकसर वन्य जीवन से सम्बन्धित चलचित्र प्रदर्शन इत्यादि भी आयोजित किए जाते हैं।

राष्ट्रीय डाक-तार संग्रहालय, दिल्ली

डाक-तार भवन में स्थित इस संग्रहालय में भारत के प्रथम डाक टिकट, जो सिन्ध डाक द्वारा 1854 में जारी किया गया था, सहित अब तक जारी डाक टिकटों का विशाल एवं दुर्लभ संग्रह है। स्वतंत्रता से पहले डाक टिकट तत्कालीन राजा द्वारा किसी विशेष अवसर पर जारी किए जाते थे, लेकिन स्वतंत्रता प्राप्ति के बाद सरकार द्वारा विशेष अवसरों,

महत्त्वपूर्ण व्यक्तियों आदि पर जारी किए जाते हैं। इन सभी डाक टिकटों का यहाँ पर संग्रह है।

नेहरु स्मृति संग्रहालय (तीन मूर्ति भवन)

यह भारत के प्रथम प्रधानमंत्री श्री जवाहर लाल नेहरु का 16 वर्षों तक निवास स्थान रहा है तथा अब इसे उनकी याद में संग्रहालय एवं शोध पुस्तकालय में बदल दिया गया है। इसका स्वरूप नेहरुकालीन ही रखा गया है। इस भवन के पीछे में लगा गुलाब के फूलों का बगीचा दर्शनीय है।

पर्यटकों के लिए यहाँ ट्रस्ट विद डेस्टिनी नामक दृश्य श्रव्य प्रदर्शन (साउंड एण्ड लाइट शो) आयोजित किया जाता है, जिसमें भारतीय स्वतंत्रता आन्दोलन एवं श्री जवाहर लाल नहेरु के जीवन की झलक दिखाई जाती है।

लाल किला संग्रहालय, दिल्ली

यह लाल किले के अन्दर मुमताज महल में स्थित है। इस संग्रहालय में मुगलकालीन तलवारें, हुक्का, शतरंज, गलीचे, कपड़े, आईने एवं सिक्के आदि संग्रहित हैं।

इसके एक भाग में, जो अन्तिम मुगल बादशाह बहादुर शाह जफर को समर्पित हैं, में उनसे संबंधित चाँदी का हुक्का एवं पहनने के कपड़े आदि संग्रहित हैं। यहाँ दिल्ली का पुराना मानचित्र एवं 1857 की क्रान्ति से संबन्धित विशेष सामग्री भी प्रदर्शित है।

स्वतंत्रता संग्रहालय, दिल्ली

लाल किले में स्थित इस संग्रहालय में भारतीय स्वतंत्रता संग्राम से संबन्धित यादें संजोई गई हैं। 1846-47 का दिल्ली का राजपत्र (गजट) भी

यहाँ भली प्रकार से सुरक्षित रखा गया है। यहाँ भारतीय स्वतंत्रता सेनानियों के प्लास्टर ऑफ पेरिस से बने आदमकद पुतले भी दर्शाये गए हैं।

तिब्बती संग्रहालय, दिल्ली

लोदी रोड पर स्थित यह एक छोटा संग्रहालय है, जहाँ तिब्बती कला एवं संस्कृति की झलक देखी जा सकती है। यहाँ 15वीं सदी के तिब्बती जीवन की तंगखास सहित बहुमूल्य संग्रह है। यहाँ बुद्ध की तांबे से बनी प्रतिमा दर्शनीय है।

दिल्ली के अन्य संग्रहालय हैं

कोटला रोड पर स्थित बच्चों का संग्रहालय एवं एक्वेरियम, संगीत नाटक अकादमी में स्थित वाद्य यंत्र वीथिका (गैलरी), राष्ट्रीय विज्ञान केन्द्र एवं श्रीनिवास मल्लाह समागार हस्तशिल्प संग्रहालय (थिएटर क्राफ्ट्स म्यूजियम)।

राजघाट समाधि परिसर

यमुना नदी के पश्चिमी किनारे पर महात्मा गांधी की समाधि स्थित है। काले संगमरमर से बनी इस समाधि पर उनका अंतिम शब्द 'हे राम' लिखा हुआ है।

अब यह एक खूबसूरत बाग का रूप ले चुका है। यहाँ पर खूबसूरत फव्वारे और अनेक प्रकार के पेड़ लगे हुए हैं। यहाँ पास ही शांति वन में भारत के पहले प्रधानमंत्री पंडित जवाहरलाल नेहरु की समाधि भी है। भारत आने वाले विदेशी उच्चाधिकारी महात्मा गांधी को श्रद्धांजलि देने के लिए राजघाट अवश्य आते हैं।

इण्डिया गेट

इण्डिया गेट (भारत द्वार) नई दिल्ली के राजपथ पर स्थित 43 मीटर ऊँचा विशाल द्वार है। यह स्वतन्त्र भारत का राष्ट्रीय स्मारक है। इसका डिजाइन सर एडवर्ड लुटियन्स ने तैयार किया था। यह स्मारक पेरिस के आर्क डे ट्रॉयम्फ से प्रेरित है। इसे सन् 1931 में बनाया गया था। मूल रूप से अखिल भारतीय युद्ध स्मारक के रूप में जाने जाने वाले इस स्मारक का निर्माण अंग्रेज शासकों द्वारा उन 90000 भारतीय सैनिकों की स्मृति में किया गया था जो ब्रिटिश सेना में भर्ती होकर प्रथम विश्वयुद्ध और

INDIA

अफगान युद्धों में शहीद हुए थे। लाल और पीले बलुआ पत्थरों से बना यह स्मारक दर्शनीय है।

जब इण्डिया गेट बनकर तैयार हुआ था तब इसके सामने जार्ज पंचम की एक मूर्ति लगी हुई थी। जिसे बाद में ब्रिटिश राज के समय की अन्य मूर्तियों के साथ कोरोनेशन पार्क में स्थापित कर दिया गया। अब जार्ज पंचम की मूर्ति की जगह प्रतीक के रूप में केवल एक छतरी भर रह गयी है।

भारत की स्वतन्त्रता के पश्चात् इण्डिया गेट भारतीय सेना के अज्ञात सैनिकों के मकबरे की साइट मात्र बनकर रह गया है। इसकी मेहराब के नीचे अमर जवान ज्योति स्थापित कर दी गयी है। अनाम सैनिकों की स्मृति में यहाँ एक राइफल के ऊपर सैनिक की टोपी सजा दी गयी है जिसके चारों कोनों पर सदैव एक ज्योति जलती रहती है। इस अमर जवान ज्योति पर प्रतिवर्ष प्रधानमन्त्री व तीनों सेनाध्यक्ष पुष्प चक्र चढ़ाकर अपनी श्रद्धांजलि अर्पित करते हैं। इण्डिया गेट की दीवारों पर हजारों शहीद सैनिकों के नाम खुदे हैं।

इण्डिया गेट के सामने स्थित वह छतरी जिसमें किसी जमाने में जार्ज पंचम की मूर्ति लगी हुई थी जिसे भारत सरकार ने वहाँ से हटा दिया।

1920 के दशक तक, पुरानी दिल्ली रेलवे स्टेशन पूरे शहर का एकमात्र रेलवे स्टेशन हुआ करता था। आगरा-दिल्ली रेलवे लाइन उस समय लुटियन की दिल्ली और किंग्सवे यानी राजाओं के गुजरने का रास्ता, जिसे अब हिन्दी में राजपथ नाम दे दिया गया है, पर स्थित वर्तमान इण्डिया गेट के निर्माण-स्थल से होकर गुजरती थी। आखिरकार इस रेलवे लाइन को यमुना नदी के पास स्थानान्तरित कर दिया गया। तदुपरान्त सन् 1924 में जब यह मार्ग प्रारम्भ हुआ तब कहीं जाकर स्मारक स्थल का निर्माण शुरू हो सका।

42 मीटर ऊँचे इण्डिया गेट से होकर कई महत्वपूर्ण मार्ग निकलते हैं। पहले इण्डिया गेट के आसपास होकर काफी यातायात गुजरता था। परन्तु अब इसे भारी वाहनों के लिये बन्द कर दिया गया है। शाम के समय जब स्मारक को प्रकाशित किया जाता है तब इण्डिया गेट के चारों ओर एवं राजपथ के दोनों ओर घास के मैदानों में लोगों की भारी भीड़ एकत्र हो जाती है। 625 मीटर के व्यास में स्थित इण्डिया गेट का क्षेत्र 306,000 वर्ग मीटर के क्षेत्रफल में फैला है।

प्रति वर्ष गणतंत्र दिवस पर निकलने वाली परेड राष्ट्रपति भवन से शुरू होकर इण्डिया गेट से होते हुए लाल किले तक पहुँचती है।

आजाद हिंद ग्राम

दिल्ली पर्यटन द्वारा नेताजी सुभाष चन्द्र बोस की स्मृति में टीकरी कलां स्थित आजाद हिंद ग्राम में पर्यटन परिसर का विकास किया है जिसमें नागरिकों की सुविधा के लिए स्थान और मार्गस्थ मूलभूत सुविधाएं जुटाई गई हैं। राष्ट्रीय राजमार्ग-10 पर दिल्ली हरियाणा सीमा के दो किलोमीटर के भीतर स्थित इस परियोजना की शिल्पकला उत्तर भारतीय शिल्पकला और भारतीय दस्तकारी परंपराओं से प्रभावित है।

संग्रहालय और स्मारक के आसपास बड़े-बड़े चमकदार गुम्बद परिसर की ओर ध्यानाकर्षित करते हैं, जहां विशाला प्लाजा, एक एम्पीथियेटर, पर्यटक सूचना केन्द्र, सुविनियर और गार्डन शॉप, फूड-कियोस्क, एक रेस्तरां, सार्वजनिक शौचालय, पेयजल आदि की सुविधाएं हैं।

राजस्थान के स्मारक और संग्रहालय

राजस्थान भारत गणराज्य का क्षेत्रफल के आधार पर सबसे बड़ा राज्य है। इसके पश्चिम में पाकिस्तान, दक्षिण-पश्चिम में गुजरात, दक्षिण-पूर्व में मध्यप्रदेश, उत्तर में पंजाब, उत्तर-पूर्व में उत्तर प्रदेश और हरियाणा है। राज्य का क्षेत्रफल 3,42,239 वर्ग कि.मी. (1,32,139 वर्ग मील) है।

जयपुर राज्य की राजधानी है। भौगोलिक विशेषताओं में पश्चिम में थार मरूस्थल और घग्गर नदी का अंतिम छोर है। विश्व की पुरातन श्रेणियों में प्रमुख अरावली श्रेणी राजस्थान की एकमात्र पर्वत श्रेणी है, जो कि पर्यटन का केन्द्र है। यह अपने में माउंट आबू और विश्वविख्यात दिलवाड़ा मंदिर सम्मिलित करती है। पूर्वी राजस्थान में दो बाघ अभयारण्य, रणथम्भौर एवं सरिस्का हैं और भरतपुर के समीप केवलादेव राष्ट्रीय उद्यान है, जो सुदूर साइबेरिया से आने वाले सारसों और बड़ी संख्या में स्थानीय प्रजाति के अनेकानेक पक्षियों के संरक्षित-आवास के रूप में विकसित किया गया है। राजस्थान में अनेक स्मारक हैं, लेकिन इनमें सबसे अधिक लोकप्रिय कोई व्यक्ति रहे हैं तो वे महाराणा प्रताप थे, इसलिए हम उनके स्मारक की बातें अवश्य ही करेंगे।

महाराणा प्रताप स्मारक, उदयपुर

महाराणा प्रताप स्मारक मोती मगरी या पर्ल हिल की चोटी पर फतेह

सागर झील के किनारे पर स्थित है। यह महान भारतीय लड़ाकू महाराणा प्रताप और उनके वफादार घोड़े चेतक को समर्पित है। स्मारक में यात्री घोड़े पर महाराणा प्रताप की आदमकद प्रतिमा को देख सकते हैं। यात्री पहाड़ी के पास के क्षेत्र में स्थित जापानी रॉक गार्डन की यात्रा भी कर सकते हैं। उदयपुर के किलों में से एक के अवशेष को भी यहाँ देखा जा सकता है।

बच्चों! आपको हमने महाराणा के स्मारक के बारे में तो बता दिया, अब हम आपको थोड़ा महाराणा के जीवन के बारे में बताते हैं।

महाराणा प्रताप उदयपुर, मेवाड़ में शिशोदिया राजवंश के राजा थे। उनका नाम इतिहास में वीरता और दृढ़ प्रण के लिये अमर है। उन्होंने कई सालों तक मुगल सम्राट अकबर के साथ संघर्ष किया। उनका जन्म राजस्थान के कुम्भलगढ़ में महाराणा उदय सिंह एवं माता राणी जीवत कँवर के घर हुआ था। 1576 के हल्दी घाटी युद्ध में 20000 राजपूतों को साथ लेकर राणा प्रताप ने मुगल सरदार राजा मान सिंह के 80000 सैनिकों की सेना का सामना किया। शत्रु सेना से घिर चुके महाराणा प्रताप को शक्ति सिंह ने बचाया। उनके प्रिय अश्व चेतक की भी मृत्यु हुई। यह युद्ध तो केवल एक दिन चला परन्तु इसमें 17000 लोग मारे गए। मेवाड़ को जीतने के लिये अकबर ने सभी प्रयास किये। लेकिन महाराणा जीवनभर देश की स्वतंत्रता के लिए संघर्ष करते रहे और अंत में जब वे स्वर्गवासी हुए तो उन्होंने अपने राज्य का बहुत सारा भू-भाग स्वतंत्र करा ही लिया था।

तमिलनाडु के स्मारक और संग्रहालय

तमिलनाडु भारत का एक दक्षिणी राज्य है। तमिलनाडु की राजधानी चेन्नई है। तमिलनाडु के अन्य महत्त्वपूर्ण नगर मदुरै, त्रिचि, कोयम्बतूर, सलेम, तिरूनेलवेली हैं। इसके पड़ोसी राज्य आन्ध्र प्रदेश, कर्नाटक और केरल हैं। तमिलनाडु में बोली जाने वाली प्रमुख भाषा तमिल है। यहां देखने लायक कई स्मारक एवं संग्रहालय हैं, लेकिन सरकारी संग्रहालय अपने आप में अद्‌भुत चीजों का संग्रह समेटे हुए हैं।

सरकारी संग्रहालय, चेन्नई

एगमोर में सरकारी संग्रहालय परिसर में, कोनिमारा सार्वजनिक पुस्तकालय और राष्ट्रीय कला दीर्घा स्थित हैं। 1851 में स्थापित, छह भवनों और 46 दीर्घाओं वाला संग्रहालय लगभग 16.25 एकड़ (66,000 वर्ग मी) क्षेत्र में व्याप्त है। संग्रहालय में प्रदर्शित वस्तुओं में पुरातत्व विज्ञान, मुद्राशास्त्र, प्राणीशास्त्र, प्राकृतिक इतिहास, मूर्तिकला, ताड़ की पत्तियों से निर्मित पांडुलिपियों एवं अमरावती चित्रकला सहित विभिन्न क्षेत्रों से संबंधित शिल्पकृतियां एवं वस्तुएं शामिल हैं। कोनिमारा सार्वजनिक पुस्तकालय भारत के चार राष्ट्रीय संग्रह पुस्तकालयों में से एक है, जहां भारत में प्रकाशित होने वाले सभी पुस्तकों, समाचार पत्रों और पत्रिकाओं की एक-एक प्रति उपलब्ध है। 1890 में स्थापित पुस्तकालय सदियों पुराने प्रकाशनों का भंडार

है, जिसमें देश की कुछ सर्वाधिक सम्मानित कृतियां एवं संग्रह मौजूद हैं। यह संयुक्त राष्ट्र संघ के लिए एक संग्रह पुस्तकालय के रूप में भी कार्य करता है। राष्ट्रीय कला दीर्घा भवन देश में भारतीय-सार्सिनियाई रूप वाले सबसे बेहतरीन स्थापत्य कलाओं में से एक है।

विवेकानन्द रॉक मेमोरियल

विवेकानन्द रॉक मेमोरियल तमिलनाडु राज्य के कन्याकुमारी शहर में स्थित है। 1892 में स्वामी विवेकानंद कन्याकुमारी आए थे। एक दिन वे इस विशाल शिला पर पहुंच गए। इस निर्जन स्थान पर साधना के बाद उन्हें जीवन का लक्ष्य एवं लक्ष्य प्राप्ति हेतु मार्गदर्शन प्राप्त हुआ। विवेकानंद के उस अनुभव का लाभ पूरे विश्व को हुआ, क्योंकि इसके कुछ समय बाद ही वे शिकागो सम्मेलन में भाग लेने गए थे। इस सम्मेलन में भाग लेकर उन्होंने भारत का नाम ऊंचा किया था। उनके अमर संदेशों को साकार रूप देने के लिए 1970 में उस विशाल शिला पर एक भव्य स्मृति भवन का निर्माण किया गया। समुद्र की लहरों से घिरी इस शिला तक पहुंचना भी एक अलग अनुभव है। स्मारक भवन का मुख्य द्वार अत्यंत सुंदर है। इसका वास्तुशिल्प अजंता-एलोरा की गुफाओं के प्रस्तर शिल्पों से लिया गया दिखता है। लाल पत्थर से निर्मित स्मारक पर 70 फुट ऊंचा गुंबद है। भवन के अंदर चार फुट से ऊंचे प्लेटफॉर्म पर संत स्वामी विवेकानंद की प्रभावशाली मूर्ति है। यह मूर्ति कांसे की बनी है जिसकी ऊंचाई साढ़े आठ फुट है। यह मूर्ति इतनी प्रभावशाली है कि इसमें स्वामी जी का व्यक्तित्व एकदम सजीव प्रतीत होता है।

पश्चिम बंगाल के स्मारक और संग्रहालय

पश्चिम बंगाल भारत के पूर्वी भाग में स्थित एक राज्य है। इसके पड़ोस में नेपाल, सिक्किम, भूटान, असम, बांग्लादेश, ओडिशा, झारखंड और बिहार हैं। इसकी राजधानी कोलकाता है। इस राज्य में 19 जिले हैं। यहां की मुख्य भाषा बांग्ला है।

बंगाल पर इस्लामी शासन 13वीं शताब्दी से प्रारंभ हुआ। 16वीं शताब्दी में बंगाल मुगल शासन में व्यापार तथा उद्योग के एक समृद्ध केन्द्र के रूप में विकसित हुआ। 15वीं शताब्दी के अन्त तक यहाँ यूरोपीय व्यापारियों का आगमन हो चुका था तथा 18 वीं शताब्दी के अन्त तक यह क्षेत्र ब्रिटिश ईस्ट इंडिया कंपनी के नियन्त्रण में आ गया था। इसलिए यहां पर यवन और आंग्लों से संबंधित कई स्मारक हैं, लेकिन सबसे अधिक प्रसिद्धि कोलकाता म्यूजियम को मिली है।

कोलकाता म्यूजियम

इस म्यूजियम की स्थापना 1814 में की गई थी और यह अब ऐतिहासिक उतार-चढ़ाव के बीच अपनी स्थापना के 200 साल तक लगातार मौजूद रहा। भारत में ऐसा म्यूजियम पहली बार बना और शायद यह एशिया प्रशांत क्षेत्र में विशाल म्यूजियम है। यह विश्व के सबसे विशाल म्यूजियम स्मिथसोनियन इंस्टीट्यूशन से भी पुराना है। कोलकाता में म्यूजियम की

स्थापना न केवल अन्य संग्रहालयों अपितु राष्ट्रीय महत्व के कई संस्थानों के लिए आदर्श बन गई।

यह विडम्बना है कि पश्चिमी शिक्षाविदों और बुद्धिजीवियों ने इंडियन म्यूजियम की उस समय स्थापना की जब हमारा देश अंग्रेजों के शासन के शिकंजे में था। 18वीं शताब्दी का भारत समसामयिक पश्चिमी विद्वानों के लिए रोचक विषय था और वे भारत के ऐतिहासिक अतीत, पुरातन संस्कृति और वैज्ञानिक उपलब्धियों का अध्ययन करने के इच्छुक थे। यह भी कहा जा सकता है कि इंडियन म्यूजियम की स्थापना भारत जैसे देश की विविध और व्यापक विरासत को प्रदर्शित करने की ऐतिहासिक जरूरत थी।

समय की बौद्धिक शैली के अनुरूप इंडियन म्यूजियम की स्थापना की गई। लंदन में 1660 में रॉयल सोसाइटी की स्थापना की गई थी। इसके सौ साल के बाद सर विलियम जोन्स ने कलकत्ता में एशियाटिक सोसाइटी की स्थापना की। इससे भारत की समृद्ध सांस्कृतिक और ऐतिहासिक विरासत की पश्चिम द्वारा व्यापक खोज की यात्रा की शुरुआत हुई।

भारत की गहरी, समृद्ध और विविध सांस्कृतिक परंपराओं ने शीघ्र इन विद्वानों के प्रारंभिक आश्चर्य को और अधिक सराहनीय और श्रेष्ठ बना दिया। डेनमार्क के वनस्पतिविद् डॉ. नेथेलियन वालिच ने 1814 में महसूस किया कि एशियाटिक सोसाइटी एक बेहतरीन सार्वजनिक संग्रहालय भी बन सकती है। उन्होंने कहा कि इस देश के प्राकृतिक इतिहास की जिस तरह अनदेखी की गई है, वह चिंताजनक है और ऐसा प्रतीत होता है कि सुधार के उपाय के रूप में अब एक सार्वजनिक संग्रहालय की जरूरत है। इस आभास से इंडियन म्यूजियम की स्थापना का मार्ग प्रशस्त हुआ।

म्यूजियम बनाना एक ऐसी परियोजना का भाग था, जो कुछ विद्वानों की 20वीं शताब्दी के आखिर की सोच यानी अंग्रेजियत के ज्ञान

को समर्पित थी। इससे इंडियन म्यूजियम के अलावा भारतीय भू-सर्वेक्षण, भारतीय सर्वेक्षण, पुरातत्व सर्वेक्षण और भारत की जनगणना जैसी महान संस्थाओं की स्थापना हुई। इस प्रकार एक ऐसी प्रक्रिया को गति मिली जिससे भारत की दोबारा खोज से संबंधित संस्थागत प्रादुर्भाव की शुरुआत हुई। यह शुरुआत हालांकि गुलामी के दौर से संबंधित थी लेकिन इस प्रक्रिया ने भारतीयों को अपने इतिहास और परंपराओं के प्रति अधिक सजग और संवेदनशील बना दिया था। म्यूजियम को शीघ्र भारतीयों और इससे लाभ उठाने वालों से मदद मिलने लगी। शुरू-शुरू में काली किशन बहादुर और बेगम सुमरू जैसे जाने-माने लोगों ने म्यूजियम के लिए सहायता दी। इसकी स्थापना से देश के लोगों में स्वाभाविक देशभक्ति और गर्व की भावना का संचार हुआ। रवीन्द्रनाथ टेगौर ने अपनी अभिव्यक्ति में कहा कि इतिहास के पुनर्जागरण के महान अंकुर तब मिले जब लोगों ने अतीत के भंडार में अचानक सोच के अंकुर की खोज की।

इंडियन म्यूजियम आज हमारे देश की कला और पुरावस्तुओं का बेहतरीन अपार भंडार है। ईसा पूर्व दूसरी शताब्दी के बरहुत की मूर्तियां इंडियन म्यूजियम में सचमुच अद्भुत संकलन हैं। वस्त्रों का संकलन भी शानदार है। यह एक ऐसा संग्रहालय है जिस पर प्रत्येक भारतीय गर्व कर सकता है। इस गर्व का औचित्य बताने के लिए हमें इसकी सराहना करनी होगी और मानना होगा कि समय बीतने के साथ विश्वभर में संग्रहालयों की भूमिका और उद्देश्य में परिवर्तन आया है। 19वीं शताब्दी में संग्रहालयों को कलात्मक वस्तुओं का भंडारण ही माना जाता था। इनको एकत्रित करना और भंडारण करना संग्रहालयों के अस्तित्व के औचित्य के लिए पर्याप्त था। 17वीं शताब्दी में संग्रहालय शब्द का महज अर्थ था एक ऐसा भवन जिसमें पुरावस्तुओं, प्राकृतिक इतिहास, कला जैसी पुरानी वस्तुओं को रखा जा सके। इस प्रकार संग्रहालय इन वस्तुओं को रखने का महज

स्थान बन गया था। समय बीतने के साथ संग्रहालय शब्द का अर्थ बदला और इसे नयी पहचान मिली। इसे कला को सीखने की इच्छा को समर्पित भवन के रूप में देखा गया। इसमें न केवल संकलन है अपितु यह सीखने और सीखने के प्रसार का संस्थान है।

आधुनिक भारत के निर्माता दरअसल भारत के ऐतिहासिक अतीत से अवगत थे और वे इसकी समृद्धता और इसके मूल्य तथा भावी पीढ़ियों के लिए इसकी उत्सुक्ता से भी परिचित थे। इसके अलावा उन्हें महत्वपूर्ण संस्थान निर्माण करने की प्रासंगिकता का भी ज्ञान था। यह जानकर आश्चर्य नहीं होता कि देश के पहले प्रधानमंत्री जवाहरलाल नेहरू ने सांस्कृतिक और शैक्षणिक संस्थानों के निर्माण पर विशेष रूप से ध्यान केंद्रित किया। स्वतंत्रता के दो वर्ष बाद नई दिल्ली में राष्ट्रीय संग्रहालय बनाया गया। राष्ट्रीय राजधानी दिल्ली में इस संग्रहालय का नामकरण नेहरु स्मारक संग्रहालय और पुस्तकालय के रूप में किया गया जो कि बौद्धिक और शैक्षणिक गतिविधियों का बड़ा केन्द्र है।

कुल मिलाकर हमारे संग्रहालय देश के समृद्ध अतीत की जानकारी के प्रसार में सफल रहे हैं। यह भी जानना जरूरी है कि क्या संग्रहालयों को अपने दृष्टिकोण और नीतियों को इस तरह नहीं बदलना होगा कि वह संग्रहालय के विस्तृत आयाम और मायनों के अनुरूप बन सकें।

•••

प्रश्नोत्तरी

1. चार मीनार कहाँ पर स्थित है?

   (अ) दिल्ली (ब) हैदराबाद

   (स) अयोध्या (द) कौशांबी

2. सालारजंग सग्रहालय की स्थापना किसने की थी?

   (अ) मीर युसूफ अली खान ने (ब) रसूल मिया ने

   (स) निजाम हैदराबाद ने (द) नेहरु जी ने

3. नागार्जुन कोंडा किस जिले में है?

   (अ) दिल्ली (ब) कानपुर

   (स) गुन्टूर (द) भरतपुर

4. रानी झांसी का स्मारक कहाँ पर है?

   (अ) ग्वालियर (ब) काशी

   (स) बनारस (द) अयोध्या

5. माल रोड मेरठ में कौन-सा स्मारक है?

   (अ) राम स्मारक (ब) शहीद स्मारक

   (स) धर्म स्मारक (द) वीर स्मारक

6. ताज संग्रहालय कहाँ पर है?

(अ) इलाहाबाद (ब) रामपुर

(स) कानपुर (द) आगरा

7. अश्फाक उल्ला खाँ का स्मारक कहाँ है?

(अ) फैजाबाद (ब) हरियाणा

(स) दिल्ली (द) पंजाब

8. गुड़िया संग्रहालय कहाँ है?

(अ) भरतपुर (ब) दिल्ली

(स) मध्य प्रदेश (द) पंजाब

9. लाल किला किस नदी के किनारे स्थित है?

(अ) यमुना नदी (ब) सरस्वती नदी

(स) गंगा नदी (द) कावेरी नदी

10. आजाद हिन्द ग्राम कहाँ है?

(अ) कानपुर (ब) मेरठ

(स) लाहौर (द) टिकरी कलां

उत्तर

1. ब 2. अ 3. स 4. अ 5. ब 6. स 7. अ 8. ब 9. अ 10. द